あずかりやさん

まぼろしチャーハン

大山淳子

ポプラ文庫

カバーイラスト　藤原徹司(テッポー・デジャイン。)
ブックデザイン　bookwall

目次

ラブレター

上野の噴水池が見渡せるカフェのテラス席でホットココアを飲んでいる。人気の店だが、テラス席にはぼくひとりしかいない。曇天、気温は7度くらいか。普段はパフォーマーが音楽やダンスを披露する賑やかな噴水池の周囲は、今日はコートの襟を立ててそそくさと通り過ぎるひとばかりだ。

ぼくは用意周到に紺色のダウンジャケットを着て、二杯目のココアをちびちび飲んでいる。腕時計を見ると、三時四十分。席についたのは二時半である。

「十二月二十四日午後三時にテラス席で待っています」

クリスマスカードにそう書いて、一週間前に投函した。書いた時はハイテンションだったせいか、寒さのことなど念頭になかった。席を確保するため三十分も前に店に来たが、テラス席を希望する客はほかにいなくて、すぐに通された。

真冬にテラス席で待ち合わせるなんて愚の骨頂だ。本気にされなかった可能性は大である。「わかった、行きます」と返事があったわけでもない。クリスマスカードには店名と地図、ぼくの携帯番号とメールアドレスも書いておいたけど、連絡はない。

これは約束ではない。あなたを待っているという意思表明に過ぎない。来なくて当たり前。裏切られたとか、すっぽかされたということではない。だからぼくは気の済むまでここにいて、手足が凍りつく前に席を立つつもりだ。

指定した時間から四十分経過。答えは出たと考えるべきだろう。

やはり来なかった。

もしも来てくれたら……たぶん……あわてた。

どこかほっとしつつ、リュックから一通の手紙を取り出す。茶色いシミが付いた薄桃色の封筒だ。経年劣化で消印はかすれている。中には三枚の便箋がある。恋文である。ぼくが書いたのではない。ぼくがもらったわけでもない。「なんでお前が持っている」と手紙の愚痴が聞こえてきそうだ。

ああ、寒い。とことん、寒い。手袋をしてくればよかった。

今から五年前の今日、クリスマスイブにこの手紙はわが家に届いた。

ぼくは中学三年だった。二学期の終業式のあと、部活動を終えて帰宅したら、郵便受けに夕刊と共にこの薄桃色の封筒を見つけた。まだシミが付いていなくて、完璧な姿をしていた。宛名を見たら「栗原翔太様」とある。丸っこい字。裏を見たら女の名前で、思わず「おっ」と声を発してしまった。

翔太というのはぼくの厳密に言えば弟で、でも兄さんと呼ばれたことはない。双子だから上下関係はなくて、対等だ。ちなみに双子って、一卵性だと結構仲が良いらしい。あいにくぼくらは二卵性だ。

家に入ると、翔太は既に帰宅していて、ダイニングテーブルでがつがつとプリンを食っていた。母さんの作るプリンは男用の茶碗くらいの大きさがあり、それを奴はカレースプーンですくっては口に放り込んでいる。母さんは対面に座っていて、浮かない顔で珈琲《コーヒー》を飲んでいた。今日は学校で三者面談だったはず。

ぼくは私立の男子校に通っており、翔太は公立の中学で、バスケットボール部のエースだ。スポーツ推薦でバスケの強豪高校への進学を狙っていたが、このどよーんとした空気。どうやら推薦がもらえなかったらしい。内申がひどすぎるのだろう。

「おい、お前にラブレターだぞ！」

封筒をテーブルにぽん、と投げてやった。景気付けっぽいトーンを狙ったが、母さんの前でそうしたのは、どこか意地悪な気持ちがあったのかもしれない。女の子との付き合いは親に隠したいものだからな。

思春期に男ばかりの環境にいるぼくは、女の子から手紙をもらうというシチュエーションがよだれが出るほどうらやましかった。イブだし、きっと「メリークリスマス、受験頑張って」などと書いてあるのだろう。いまいましい。

翔太は小学生の頃からモテた。さっぱりとした顔で、背は同級生より頭ひとつ高く、手足がひょろ長くて俊足。運動会では大活躍で、そういうの、女子にはたまらんらしい。バレンタインには菓子屋が開けるほどチョコをもらう。ちなみにぼくは毎年母さんからもらう。

奴は球技が得意で男子にも人気があった。昼休みに仲間とドッジボールをやって、その華麗なプレーに校舎の窓から女子たちの声援が送られた。同じ小学校に通うぼくと双子だということは、知られてはいたものの、あまり話題にはならなかった。

ぼくは身長も体重も平均値で、顔は奴よりマシだと思うけど、近眼で小二からメガネをかけているから顔の良さは周知されない。徒競走もマラソンも苦手で、球技は超がつくド下手。成績は奴よりずいぶん良くて、体育以外は5だけど、そういうのは女子の心に響かない。

ぼくは勉強が好きだというのもあるけど、翔太のいない空間が欲しくて中学受験をした。六年生で始めた付け焼き刃の受験勉強で、第一志望の中高一貫校に合格した。

入ってみると、周囲はできる奴ばっかりで、日々の勉強はキツい。けど、部活動がめちゃくちゃ楽しい。美術部だ。別名、自由部《フリー》。顧問の教師は生徒をほったらかして個展のために絵を描いているし、部員も好き勝手をやっている。絵を描きたい奴は描き、陶芸をしたい奴はろくろを回し、ノミで丸太と格闘してる奴もいる。

ぼくは絵も陶芸もやらず、仲間の作品を褒めたりけなしたりして過ごす。そういうのもアリなんだ。図書室で芸術史や理論をせっせと仕込み、付け焼き刃の知識を披露するだけなんだけど、評論家気取りの講釈がウケて、部長になった。なんだか自分、付け焼き刃が功を奏するタイプらしい。

まあ、だから、中学に入ってからは地味にリア充で、「翔太に敵《かな》わない」というコンプレックスは払拭された。

しかし、しかしだ。イブに女子からの手紙。愉快とはほど遠い気分だ。

翔太はぼくが放った封筒を横目で見て、イラついたようにテーブルをバン、と叩いた。

母さんが驚き、持っていたカップが傾いて珈琲がテーブルにこぼれた。封筒の茶色いシミはこの時のものだ。

翔太はプリンを残して階段を駆け上がった。ドアががつんと閉まる音がした。母さんは封筒に跳ねた珈琲をティッシュに吸わせながら言った。

「受験で気が立っているんだから、少しは気を遣いなさい」

そしてぼくに封筒を押し付けた。

テーブルを叩いたのは翔太で、珈琲をこぼしたのは母さんなのに、茶色いシミをつけた犯人はぼく、と言われたような気がした。実際、ぼく自身がそう感じていた。

二階の自分の部屋へ上がってベッドで仰向けになり、封筒を眺めた。照明にかざしても、中は見えない。隣の翔太の部屋からドスンドスンと音が聞こえてくる。あいつは壁にバスケのゴールネットを設置していて、ベッドから上半身だけの力でシュートをする。バスケ中毒なのだ。うるさいが、ああして気分を盛り返しているのだろう。ドスンドスンを二十回数えると、ぼくは部屋を出て、奴の部屋のドアの下から手紙をそっと滑り込ませた。

夕食に奴は降りてこなかった。

ぼくはその夜、手紙のことが頭から離れなかった。字はあきらかに同世代の女子と思われ、メールじゃなくて手紙というレトロな方法を使うということは、アドレスを交換する仲ではなくて、直接言葉を交わす仲でもなくて、住所だけは知っているという関係だ。ひとりの女の子の片思い（勝手にそう決め付けているけど、翔太のあの反応を含め、状況的推測）があの薄桃色の封筒に詰まっていると思うと、胸が痛む。ぼくのちょっとしたやっかみ根性が、手紙の運命を捻《ね》じ曲げてしまったかと思うと、落ち着かない。

翔太よ、せめて読んでくれ。

なかなか寝付けず、明け方近くにやっと眠れて、目を覚ますと昼になっていた。

翔太は冬期講習に出かけて家にいなかった。母さんも不在。「図書館です」というメモがあり、サンドイッチが作ってあった。翔太が好きな卵サンドだ。翔太の弁当の余りだな。母さんは週に三回、近所の図書館で読み聞かせのボランティアをしている。そんな日は夕方まで帰らない。

ぼくは冷蔵庫から牛乳を出してグラスに注ぐと一気飲みをし、サンドイッチを食わずに翔太の部屋に突入した。手紙を探すためだ。開封されたことを確認できれば良し、と思った。

手紙はなかなか見つからなかった。

奴は着たものを床やベッドに放るし、漫画本や模試の結果票や教科書や食べかけの菓子の袋が散在している。母さんはよく「少しは片付けてくれないと掃除もできない」と奴を叱るけど、まさかの汚部屋。几帳面なぼくにとっては鳥肌が立つような惨状だ。この部屋を写真に撮って、ＳＮＳにアップすれば、翔太を好きな女子たち、引くのではないか。いやいや、こういうだらしなさこそがモテ男の必須条件で「わたしが掃除してあげなくちゃ」とむしろ恋心を増幅させるのかもしれない。女心はわからない。

それにしても、ひどい。臭いぞ。よくこんな部屋で眠れるな。

ゴミはゴミ箱へ。そんなことすらできないのかと毒づきながら、中身が詰まって倒れてしまっている円筒形のゴミ箱を立てた。すると、あった。薄桃色の封筒はゴミ箱に突っ込まれていた。干からびたバナナの皮と一緒に。

胸がヒリリと痛む。

開封されている。破った切り口ではないが、美しいとは言えない。ハサミを使ったのだろう。言ってくれればレターオープナーを貸してやったのに。

とはいえ、床に落ちている模試の結果票よりも丁寧に扱われたのは確かだ。だって、きちんとゴミ箱に入っているのだから。

とにかく開封はされたのだ。読まれる目的で書かれたものが、読まれた。書いたひとの思いは奴に届いたってこと。

ぼくはここでほっとしなければならなかった。昨日の自分のふるまいが手紙の運命を変えなかったと証明されたのだから。安堵して一階に戻り、サンドイッチを食べなければならなかった。

ゴミ箱から封筒を抜き取り、自分の部屋へ持ち込んではいけなかった。封筒から便箋を取り出して読んではいけなかった。その内容に心動かされてはいけなかった。その子に年賀状を書いてはいけなかった。ましてや、投函してはいけなかった。

どうしたことか、ぼくはその日いけないことをどっさりとやらかした。

原因は空腹にあると思う。人は飢餓状態が続くとヒステリーを起こすという、有名な実験結果があるらしい。ミネソタ大学で二十世紀に行われた飢餓実験だ。あいにくそれを知ったのは高校に入ってからで、中三のぼくは知らなかったから、サンドイッチを食べずに行動してしまった。

薄桃色の封筒に入っていた便箋に綴《つづ》られた内容は、読む側が恥ずかしくなるほど乙女チックなものだった。あなたはかっこいい、あなたが好きです、応援していますと書いてあり、練習試合で決めたシュートが見事だったとか、一度も同じクラスになれなくて残念だったとか、運動会での活躍までもが事細かに書かれていた。冒頭からラストまで、翔太を賛美する言葉がこれでもかと並んでいる。

翔太は神か？

それでいて、わたしのこと好きですかとか、付き合ってくださいなどと、リアクションを求める言葉は一切ない。純粋な告白文なのである。相手を讃え、見返りは求めない。その圧倒的な純粋さにぼくの涙腺は緩んだ。小一で『フランダースの犬』に涙した以来の、感動の波に襲われたのだ。これほどまでに感動できたのは、ぼくが思いを向けられた人間ではないからかもしれない。筆致は見ようによってはあまりにも一方的で、容赦がない。

受験を控えている翔太にとってこれは「騒音」にほかならないだろう。いや、「攻撃」に近いかも。タイミングが悪すぎる。第一志望の高校への進学が暗礁に乗り上げた日に届くのだから。

翔太は女子の恋心を小学生の頃からシャワーのように浴び続けている。ひとはシャワーの水に感謝などしない。奴は愛されること自体にありがたみはないだろう。最後まで読んだかどうかもあやしいものだ。

しかし、彼女はなぜこの時期に投函したのだろうか。女子はロマンチックが好きだから、クリスマスのタイミングにしたかったのだろうか。受験を終えた春だったら、ゴミ箱行きは避けられたかもしれない。作戦ミスである。でもこの手紙を書いた女子に作戦という言葉は似合わない。武器も防具も携《たずさ》えず、たったひとり、丸腰で恋の戦場に赴き、愛を叫んだのだ。神々しい。

ぼくは読み終えて便箋をたたみ、謹《つつし》んで封筒にしまった。涙をぬぐい、洟《はな》をかむと、一階に下りて、母さんが事務用品をしまっているサイドボードの引き出しをあちこち探し、未使用の年賀状を一枚見つけ、自分の部屋に戻った。サンドイッチには目もくれずに。

年賀状の表書きは恋文の筆者の名前と住所。裏には「あけましておめでとう　ガンバレ」と書いた。差出人の名前は「栗原」とだけ書いた。

これで彼女は恋い焦がれる男から年賀状という形で返事がもらえたことになる。そしてぼくも「栗原」だから、嘘をついたことにはならない。ぼくは神々しくないから作戦を立てる。うまくやったとひとり悦に入った。

パジャマを脱ぎ捨てて服を着ると、家を飛び出し、年賀状をポストに投函した。ストンという音を聞いたら、ようやく心が落ち着いた。満足感に浸りつつ家に戻り、サンドイッチを食った。食うタイミングが先だったら、年賀状を投函しなかっただろう。

それからリビングでうたた寝をして、目が覚めたら夕方で、部屋に戻ったら自分の机に薄桃色の封筒を見つけた。まだいたのかここに。

この頃にはぼくの関心はだいぶ薄れていて、何の気なしに本棚の隙間に差し込んだ。イブに届いた手紙はこうして翌日には目の前から消えた。


わが家は年が明けてからも翔太の受験でぴりぴりした空気が流れたが、庭でうぐいすが鳴く頃には落ち着いた。翔太は第二志望の都立高校に受かり、そこもバスケ部が充実しているらしく、笑顔で卒業式を迎えることができた。ぼくのほうも中等部の卒業式があったが、同じ敷地内の高等部へ進学するのでたいした感慨はなく、母さんは翔太の卒業式のほうに出席した。

春休み、翔太はリビングでスマホゲームに熱中していた。

当時のわが家にはスマホを自室に持ち込んではいけないというルールがあった。翔太がハマっているのはバスケットボールのゲームで、実在のＮＢＡの選手が実名で登場して戦うらしく、夢中になっていた。バスケの練習に明け暮れた三年間。解放された春休みまでバスケ三昧なのだから、ほんとに好きなのだなと感心する。

ぼくはゲームには関心がなく、学校の図書室で借りたモネの伝記を読んでいた。近視が進んで、メガネの度が合わなくなってきて、集中すると疲れる。目を休ませようと顔を上げると、サイドボードの上に放置されている卒業アルバムが目に入った。翔太の中学のだ。翔太はすべてにだらしなく、卒業式以来ここに置きっぱなしなのだ。

断りなく手にして、表紙をめくる。公立だから質素な作りだが、手作り感溢《あふ》れる編集だ。この時ふと、薄桃色の封筒を思い出した。本棚に差し込んでから、すっかり忘れていた。彼女の名前は覚えている。年賀状に宛名を書いたからだ。たしか翔太とは別のクラスのはずだ。一ページ一ページ熱心に探したけれど、彼女の名前を見つけることはできなかった。

「かわいい子、いねえだろ」

声にハッとして顔を上げると、翔太がこちらを見ていた。スマホは床に放置してあり、いつの間にかプリンを食っている。

「あの子は?」

「あの子?」

怒らせないように注意深く尋ねた。

「手紙をくれた子、別の学校なのか」

中身を読んだことがバレないよう、慎重に言葉を選ぶ。

翔太は何の話かわからなかったようで、しかめっ面をしていたが、「ああ、去年のやつか」とようやく思い出したようで、「同じ学校だけど」と言う。

「どの子？」と問うたら、「貸せ」と翔太はアルバムをぼくから取り上げ、パラパラとめくり始めた。

「うーん、いないなあ」

「学年が違った？」

「いや、たしか同学年。卒業してないのかも」

「卒業してない？」

「いや俺も詳しくは知らないけど。口きいたこともねえし」

ページをめくる手が止まり、「たぶんこいつ」と指をさした。

それは集合写真ではなく、教室で給食を食べているスナップ写真だった。女子ばかり五人いて、彼女はまんなかにいる。髪は肩くらいで、頬がぷくっと丸い。食べ物が入っているのかな。黒目がちで、膨らんだ頬。リスみたい。今にも笑い出しそうな顔でこちらを見ている。

しかしそのクラスの集合写真に彼女の顔はなく、名簿に名前もない。

「転校したとか？」

「出席日数が足らなかったんじゃないかな」

「不登校？　いじめとか？」

「病気かなんかで、入院したって聞いたけど」

「いつ？」

「知らね。三年になってすぐじゃね？」

「手紙が届いたのはクリスマスイブじゃないか。入院しているのに、手紙を出すってどういうことかな」

「どしたの？　お前」

「いやその……」

　つい熱心に聞きすぎてしまった。

「あの手紙をどうしたかと思ってさ」と誤魔化《ごまか》すためにつぶやいた。

　翔太は再びスマホを手にすると、「どっかいった」と言ってゲームを再開した。

　それはそうだろう。ぼくの部屋の本棚にあるんだ。サリンジャーの『ライ麦畑でつかまえて』とジュール・ヴェルヌの『海底二万里』の間に挟まっている。

「返事は出した？」

「今どき手紙とか、返事とか、おかしいだろ。それに俺、他校に彼女いるし。告られていちいち相手してらんねーよ」

「彼女いるのか」

「親には言うなよ」

「言うかよ」

その晩、ぼくは三ヶ月ぶりに本棚から封筒を取り出して、手紙を読んだ。病気、入院という情報とともに読むと、文面が違って見えてくる。

これ、まさか、遺書じゃないか？　遺言じゃないのか、これ。

読んでいる途中からまた泣けてきた。なんだよ、こいつ。どうしてこんなに熱いんだ？　健気《けなげ》なんだよう。

胸がいっぱいになり、何かをぶん殴りたい衝動にかられる。

好きのチカラってすげえ。圧倒的にすげえ。この恋文にはパワーがある。ぼくはあのクリスマスの日、尋常ではないパワーに圧倒されてバタバタと行動してしまった。彼女が翔太に向けたパワーなのに、ぼくが浴びてしまったのだ。

ふと、ぼくが出した年賀状はどうなったかなと思った。「ガンバレ」は闘病に対する応援として、どまんなかの言葉ではある、と自分をなぐさめた。

うー、寒い。テラス席はマジで寒い。二杯目のココアも底が見えてきた。

手紙がわが家へ届いてから今日でちょうど五年。

その後、翔太は高校のバスケで挫折を経験。一浪の末、地方の私立大学に合格し、今年の春に家を出た。体育の教師になるのが目下の目標らしい。バスケ部の顧問になって、バスケ三昧の人生を送るのだという。就職を視野に入れて大学選びをするなんて、奴にしては堅実だ。好きのチカラって、やはりすげえな。ちなみに他校の彼女とはずっと続いているらしい。奴はバスケにも女にも一途《いちず》だ。ブレない。奴がモテる所以《ゆえん》は見てくれではなく、そんなところにあるのかもしれぬ。

ぼくはあいかわらず家にいる。藝大芸術学科の二年生だ。芸術理論や歴史を研究する科で、実技試験の代わりに小論文でも受験ができる。頭でっかちで腕がないぼくにぴったりの学科があってラッキーだった。

就職？　ノープラン。しかしもう付け焼き刃は通用しなくて、必死にがりがり勉強している。自分で選んだ分野ではあるが、時間を忘れるほど夢中ってわけではない。翔太のバスケほどの熱中はない。

五年の間、この手紙はずっとぼくの本棚にあった。道に迷った気分になると、これを読んだ。ひとりの女の子の残酷なほどのまっすぐな気持ちに圧倒され、こちらの小さなもやもやがすーっと消える。もやもや清浄機だ。

この手紙はぼくにとって青春の象徴だ。まっすぐできらきらして、やぶれかぶれなパワーに満ちている。憧れの対象であり、つかもうとすると消えてしまうもの。もう彼女はこの世にはいなくて、最後の言葉を自分が引き受けてしまったような気もどこかでしていた。彼女の情報はこの手紙と、卒業アルバムのスナップ写真しかない。

ところがである。

今年突然、彼女から年賀状が来た。

「あけましておめでとう　がんばります」と書いてある。

宛名は「栗原一歩様」となっていた。ぼくの名前だ。わが家の年賀状の仕分けは几帳面なぼくの担当なので、翔太は彼女からの年賀状については知らない。そもそも、彼女の名前や存在すら、奴は覚えていないだろう。

ぼくはあせった。

手紙を偶像崇拝的に崇《あが》めており、彼女のリアルな像を思い描くことはしてこなかった。五年前、翔太に内緒で彼女に送った年賀状。ガンバレと書いた。ガンバレの意味は恋が実るといいねという心理がそう書かせたのだ。病気のことは知らなかったから。

「がんばります」はそれへの返事なのはあきらかだ。しかし返事にしてはあまりに月日が経っている。ぼくはあのとき苗字しか書かなかった。翔太になりすましたわけだが、元来正直者なので、中途半端な犯行となった。一歩という名前をどうやって知ったのだろう？　恋焦がれた人の家族構成は把握済みということか。それにしても、ぼくがなりすましたことを見破ったのはどうしてだろう？

翔太と会ったのだろうか。

いや、たぶんそれはない。手紙を盗んで勝手に年賀状を書いたことを翔太が知ったら、パンチの一発や二発、くらっているはずだ。あいつは衝動的生物だから、そのくらいはやってのける。

なぜ彼女はぼくに年賀状をくれたのだろう？

不気味だが、うれしさがそれを上回った。細かいことは置いといて、何ヶ月も学校を休むほどの病気だった彼女が、今、生存していることがうれしい。彼女の命がうれしい。

アルバムのリスのような目と頬が目に浮かぶ。

生きててよかった。胸が熱くなり、涙ぐんだ。どうしてだか彼女に関してぼくの涙腺は簡単に緩んでしまう。年賀状の返事を出そうか迷ったが、どう書いてよいかわからなくて、ぐだぐだしている間に時機を逸した。それから執念深く何ヶ月も考えた挙げ句、先週、クリスマスカードを出したのだ。

同じ大学の画家志望の友人に頼んでイラストを描いてもらい、手作りのカードをこしらえて、「十二月二十四日午後三時にテラス席で待っています」と一文添えて投函した。今度は堂々と栗原一歩と記名した。

テラスで待ち合わせて、話すことがなくても、美術館を案内できるし、上野は自分のテリトリーだから余裕をもって対処できる、などと、姑息に考えた。

結局はまちぼうけだ。

会ったこともないのに、デートみたいに舞い上がって、馬鹿なことをしたものだ。けれど、そんなに落ち込んではいない。

ぼくは本気で会いたかったのだろうか。

待ちたかっただけなのかもしれない。

ちらちらと、白いものが降ってきた。綿のような雪だ。濡れないよう、薄桃色の封筒をリュックにしまった。時計を見ると、五時を過ぎている。凍りついた手で伝票をつかんで立ち上がった。骨まで冷えた。足がぎくしゃくして、ロボットのようなにじり歩きで店内に入る。

むわっとした空気に、眼鏡がみるみる曇ってゆき、まるで雲の中にいるように、世界が真っ白になった。ホワイトクリスマス？　笑える。

眼鏡をはずして、ハンカチで拭く。暖かさに抱きしめられ、体じゅうの細胞が喜んでいる。つくづく、馬鹿なことをした。せめて店内で待つと書けばよかった。

眼鏡をかけ、会計するところを探していたら、窓際で手を挙げているひとがいた。そのひとはあきらかにぼくを見て、ぼくに向かってまっすぐに手を挙げていた。リスみたいな目をして。

彼女はひとりだ。

さきほどぼくがいたテラス席の近くの、ガラス一枚隔てた席に座っている。

ぼくはまだ解凍しきれぬ体で堅苦しく歩を進め、目を合わせずに彼女の前に座った。椅子が温かい。テーブルまでが熱を帯びているように感じる。ぼくの体はそれほどまでに冷え切っていた。手がかじかんで、ジャケットを脱ぐのに手間取った。

「栗原一歩くんですよね」と言われて、「はあ」と答えた。口まで凍《こご》えて、間抜けな声が出た。彼女は笑いをこらえているように見える。

急に暖かいところに入ったから、鼻水が垂れてきた。すすってもすすっても垂れてくる。彼女が差し出すティッシュを受け取って盛大に洟をかんだ。何をやってるんだ、ぼくは。

彼女は膝の上の赤いバッグからぼくが送ったクリスマスカードを取り出してテーブルに置いた。雪景色のはじっこで、リスが雪だるまを作っている絵が愛らしい。

「これ、あなたが描いたんですか？」

「ぼくじゃない」

「え？」

「絵は友だちが描いた。でも、雪景色にリスを入れてとリクエストしたのはぼくだ。日本に生息するリスはエゾリスとエゾシマリスとニホンリスで、エゾシマリスは冬眠するけど、エゾリスとニホンリスは冬でも活動するから、設定に無理はない」

正確に答えようとした結果、こねくり回した言い方になった。

彼女はしばらく黙っていた。やがて「それじゃあ」と言って、五年前の年賀状をテーブルに置いた。

「これもあなた？」

差出人栗原。「あけましておめでとう　ガンバレ」の文字。カアッと顔が赤くなるのを感じた。これを書いた時の高揚感が蘇る。

「ぼくです、すみません」

「なぜ謝るの？」と言われ、ハッとした。

「わたしをからかったから？」

からかってない。断じて。むしろ称賛だ。あんなに一方的にひとを好きになれるなんて、すばらしいじゃないか。

「からかいの気持ちは1パーセントもありません」

ぼくは自信をもって答えた。

翔太が手紙をゴミ箱に捨てたこと、それをぼくが勝手に読んでしまったこと、そういう彼女の知らない事情に対して、すまないという気持ちがあった。でもそれは、説明したくない。

「わたしのこと、どれくらい知ってるの？」

「名前は知ってます。一ノ瀬はずみさん。住所も知ってます。弟と同じ中学だということも」

「翔太くんへの手紙を読んだのね？」

万引きを見つけられた少年のように、ぼくはびくりとした。

恐る恐るうなずく。

「そうなんだ」と彼女は言った。

やけにさわやかな表情で、機嫌は悪くないようだ。頰がふっくらとして、卒業アルバムのあの子に相違ない。あの時は十五歳。今は十九か二十歳か。本当に病気だったのだろうか。血色が良くて、ぼくよりずっと健康そうだ。

「言っておくけど、翔太がぼくに見せたわけじゃないから。女の子から来た手紙をひとに見せるような奴じゃないから」

ゴミ箱に捨てるような奴だけど、それはやはり言わないでおく。

「勝手に盗み読みした、ってこと？」

「うん」

恥ずかしながら、そうだ。あの朝サンドイッチを食っていたらそんなことはしなかった。ミネソタ飢餓実験理論で、そうなった。

「だからってどうして年賀状をくれたの？」

どうしてと言われてもこれこれこうだ、と説明できない。なにせミネソタ飢餓状態なんだから、普通じゃなかったんだ。

「サンドイッチを」

「サンドイッチ？」

「いやその、応援したくなったというか」

「応援？　わたしを？　なんで？」

君の恋文があまりに凄まじかったので、とも言えない。

「わたしの手紙、いつ届いたの？」

「クリスマスイブだよ。中三の」

彼女はゆびおり数えて「そうか、そうなんだ」とつぶやいた。

どういうことだろう？　自分で出したくせに。

ウエイターが声をかけて来た。

「お飲み物のおかわりはいかがですか？」

見回すと、店内は満席で、食事をしている人が多かった。食いものを注文しろというサインかもしれない。飲み物でねばる客は迷惑だろうと思ったが、彼女は「ハーブティー」と答え、ぼくは「同じく」と言った。

ハーブティーはこの店の売りらしく、ほかのテーブルを見るとたいていそれが載っている。耐熱ガラスのポットに青々とした葉っぱがこれでもかとばかりにぎっしりと詰まっている。湯量が多くて、カップにたっぷり二杯分はありそうだ。五分も待たずにぼくらのテーブルにそれはやってきた。ポットもカップもふたつずつ。彼女はさっそくカップに注いだ。途端、香りが立ち上ってくる。ぼくはでも、しばらく手をつけずにいた。

「もうじゅうぶん香りが出ているわよ」と彼女は言った。

「実はココアを二杯も飲んだばかりで」

「知ってる」

彼女は微笑《ほほえ》んだ。前歯が大きくて、それもリスっぽい。

「わたし、三時にこの店に入ったの。テラスにあなたを見つけて、ここであなたを観察していたのよ」

「二時間も？」

「ええ、だって、あなたがどういう人かわからないから、怖かったのよ。まずは観察して、場合によっては会わずに帰ってしまおうと思って」

そりゃあ、そうだろう。ぼくだって、怖かった。会ったことのない相手に会うのは、好奇心に勝る恐怖がある。でもぼくは彼女の人となりについては知っている気でいた。便箋三枚分の資料がぼくにはある。

帰らずにいてくれて、こうして会ってくれたのだから、ぼくは合格したのだ。なんの試験にかかわからないけど。しかし、二時間も観察するかな。こっちは凍傷寸前だ。

「もう少し早く声をかけてくれてもよかったんじゃないですか」

するとと彼女はいたずらっぽい目をした。

「いったいいつまでいるつもりなのか、試したくなって。席を立ったのが五時十分だから、二時間十分もいたのよ」

「ぼくは二時半からいたから、二時間四十分だよ」

「雪が降らなかったら、いつまでいたかしらね」

そう言って彼女はガラスの向こうのテラス席を見た。

さっきまでぼくが座っていた椅子にはうっすらと雪が積もっている。本格的に降ってきた。正真正銘、ホワイトクリスマスだ。

店内は暖かいけれど、彼女は雪の日に外出して大丈夫なのだろうか。心配になってきた。病気のことはこちらから聞いてよいものだろうか。きわめてセンシティブな問題である。

「中学、病欠してたって、あとから知ったんだけど」

口が勝手に動いた。聞きたいことが山ほどあって、暖かさがぼくの口を緩ませる。

「病院で手紙を書いたの？」

いいえと彼女は首を横に振った。

「あの手紙を書いたのは、入院前。たしか五月、お店の前にハナミズキが咲いてた」

「店？」

「あずかりやさん」

「あずかりや？」

「その手紙を投函したのは、わたしではなくて、あずかりやさんなの」

その手紙、と言った時、彼女はぼくのリュックを見た。さっきぼくはテラス席で、もう彼女は来ないと思い込み、封筒を眺めていた。昔の手紙を未だに持っていること、翔太ではなくてぼくが持っていることを彼女は知ってしまったのだ。熱に浮かされたような手紙を持っているぼくに声をかけるのをためらったのだろう。

ぼくも彼女も無言になり、しばらくの間、静かな時間が流れた。互いに知らないことだらけだけれど、不思議と気まずさはなく、心地よい時間であった。

やがて彼女が口火を切った。

「わたしは保育園にも幼稚園にも行ってないの」

彼女は一語一語そっと置くような話し方をした。

「小学校に入るまで、病院と家を行ったり来たりする生活だった」

ぼくはうなずきもせずに黙って耳を傾けた。

「小児がんって知ってる？　抗がん剤治療と手術を繰り返すの。小児病棟はね、結構みんな明るくて、歳の離れた友だちもできる。いじめとかないし、不思議とみんな、仲がいいの。病気と闘っているから、人間と戦う暇はないのね」

この世からいじめをなくすには、全員病気になるしかないのだろうか。

「入院中に突然いなくなる子がいる。昨日まで一緒に絵本を読んでいた友だちがいなくなっても、おとなたちは説明しないし、わたしたちも聞かない。死はわたしたちにとって明日のことかもしれないのに、死そのものは伏せられるの。死んだ姿や、家族をなくして悲しむひとの姿もそこにはない。病院ってそういうところ。ある日ふと消える。それが自然のことのように思えてくるの。だからそれほど怖くはないの。だって当時のわたしは、病気ではない自分を知らなかったし。わたしもいつかいなくなるのだと、ぼんやりと思っていた。でも、わたしは消えなかった」

彼女はハーブティーを一口飲んだ。

「幸運にも退院できて、小学校は一年からちゃんと通えた。定期的に病院で検査を続けたけど再発はなくて。五年生になる頃には、自分ががんだったことを忘れてしまうくらいに、普通の生活に馴染んでいた」

ぼくは五年の頃、何をしていたっけ。翔太をまぶしく感じながら、面白くもない日々を送っていた。とりたてて不幸ではないのに、ふてくされていた。

「あなた、初恋はいつ？」

「ん？」

急に話題を振られて、ぼくはとまどった。恋、と言えるほど好きになった子がいたかな。女子はみんな翔太のファンに見えてしまい、みじめになるからそちらを見ないようにしてきた。

「わたしの初恋は小三の時。足の速い子で、そこに惹かれた。クラスが替わると消えちゃう淡い想いよ。いつもわたし、真っ黒に日焼けした、スポーツが得意な男子に恋をした。自分にないものへの憧れだと思う」

なあんだ、それくらいで恋と言ってよいなら、ぼくの初恋は……あの手紙を書いた君かもしれない。あんな無防備な手紙が書けるなんて、自分にはないエネルギーで、ひじょうに感銘を受けた。憧れたよ、本気で、憧れた。けど、目の前の彼女とその時の彼女は違う。どこがどうとは言えないが、同じひととは思えない。目の前にいるのは落ち着きのあるリアルな女性だ。

「中学に入って、栗原翔太くんを見て、一瞬で好きになった。それだって今思えばそれまでと変わらない淡い気持ちだったと思う」

淡い？

そんなもんじゃないだろうと、ぼくは異論を唱えたくなった。恋文には尋常ではない想いが綴られていた。それでこっちまでが熱くなったんだ。

「わたしは会員番号二十七番」

「は？」

「知らないの？　中学に翔太くんファンクラブがあってね、わたしは会員番号二十七番。他校での練習試合の情報を共有して、ハチマキして応援に行くの。青春でしょう？」

たしかに青春だ。ぼくの苦手な群れる系の。

あの恋文に綴られた文章から受ける印象とは違う。テレビに出てくるアイドルのおっかけと同じノリである。いや、もちろん彼らも真剣だろうし、パワフルではあるが。何かあの手紙にはもっと……切実さがあった。

こちらのとまどいも知らず、彼女は目を輝かせて話す。

「とにかく楽しかったの。みんなで応援するのが。みんなで行動するのが。できるのが。みんなと同じように歩けて、お菓子もハンバーガーもアイスも食べられて、スカート丈を短くして、太もも出してゲラゲラ笑って。無菌室にいるのとは全然違う世界。聞いて、当時のわたしの悩みはね、太ももが太すぎること、ニキビ。みんなと同じ。ささいなことで絶望したり笑ったり。命の重さなんて深刻な話題とはかけ離れた世界。軽くて、まぶしい世界」

ぼくは再び恋文を思った。さきほどよりはしっくりくる。あのはじけるような生命力は、彼女が求めていたものなのだろう。

「中三の春は、受験が視野に入るでしょう？　悩みは尽きなくて、さあ、そろそろとりかからなくちゃって、そんな矢先に再発が確認されたの。定期検診で。びっくりした。自覚症状はなかったし。嘘でしょと思った。がんなんて遠い昔の、それこそ先祖の話を聞いているみたいで」

ふーう、と彼女は大きくため息をついた。

「急にね、封印していた記憶が蘇ったの。治療のキツさとか、先の見えない不安とか。世間と遮断された無菌室の風景とか」

彼女は真顔になった。

「シャーッと、ものすごい勢いでシャッターが下りてきて、バチンと閉まった。そんな感じよ。ひとり真っ暗な中に閉じ込められた気分。受験の悩みとか、ダイエットとか、綺麗になりたいとか、翔太くんを見たいとか、目が合ったとか、修学旅行で誰と同じ班になるかなとか、そういう、すべての感情とお別れなんだと気づいたの。これからは日々、命が消えるかどうかの瀬戸際に立つ。髪だって抜けちゃうんだから。ニキビとかダイエットとかそんな、ごま塩みたいな悩みが急に幸せの象徴みたいに思えるのよ。翔太くんに声援を送っていた自分とはサヨナラだと思ったら、せめて気持ちを残したいと思ったの」

「それで、手紙を？」

「うん、夢中で書いた」

彼女はにっこりと笑った。

「わたしってね、生まれてすぐに、五歳まで生きられるかどうかって医者から言われたんだって。そんなわたしが、恋をする年齢まで生きてこられた。ざまあみろだ。ラッキーだったと思いたいし、その証拠を残しておきたくて、翔太くんに手紙を書いた。わたしの目に彼がどんなふうに映っているのか、思い出せる限り書いたの。わたしは誰よりも幸せなんだぞーって、叫ぶみたいに。書き終えて見直したら、それはものすごいものになっていて……」

「傑作だと思う」

「というか、怪作だわね」

彼女は顔をしかめた。

「とても翔太くんには見せられないと思った。でも、自分で持っているのも」

「もったいないよ」

「うん、そう、捨てることはできないし、家に置いて、親に見られちゃうのも嫌だし、だからあずかりやさんに持って行ったの」

「その、あずかりやさんって、何さ」

「明日町にこんぺいとう商店街というのがあってね、そこに、一日百円でなんでもあずかってくれるお店があるの」

「聞いたことないなあ」

「女子の間では何人か利用したひとがいて、噂で知ってた。捨てる決心がつかないものがあるとするでしょ、それを持って行って、たとえば一週間あずける」

「七百円払って？」

「そう、七百円払って。その一週間で、やっぱり必要だと思ったら取りに行くし、不要だとわかったら、取りに行かなければいいのよ」

「あずかりやが処分してくれるのか」

「そう」

「ゴミ処理場みたいな店だな」

「ゴミだったら自分で捨てられる。捨てられないものだから、あずけるんじゃない。期限を過ぎたらあずかりやさんに所有権が移るの。もちろん、本当に大切なものもあずかってくれる。親に見られたくない交換日記を修学旅行の間あずけた子もいた」

「コインロッカーでよくないか?」

「コインロッカーはしゃべらないし、相談にものってくれない」

なにやら意味深い店のようだ。

「あずかりやさんに手紙を半年間あずかってもらうことにしたの」

「半年?」

「百八十日」

「一万八千円か」

「そう」

「なんで半年?」

「治療がそれくらいで終わる予定だったの。治療が終わればあずかりやさんに手紙を取りに行くつもりだった。元気になったらファンを続けられるもの。生きている間は告白してフラれるリスクを回避したいじゃない。もしも半年後に取りに行けなかったら、あずかりやさんに投函してくれるようにお願いしたの」

「取りに行けなかったら？」

「死んじゃったらってこと。死んだらフラれる心配はないでしょ。死ぬと、心も体もなくなってしまう。せめて恋をした事実は残しておきたくて」

「あずかりやは、承知したの？」

「半年経ったら投函すると約束してくれた。でもあなたは必ず元気になって取りに来るから、投函する未来はわたしにはない、と店主は言ったわ」

「そうか」

心強い言葉だ。コインロッカーには言えない台詞《せりふ》だ。ぼくはそのあずかりやの店主に会ってみたくなった。恰幅の良い老紳士のようなイメージが頭に浮かぶ。

「でも約束の半年後、わたしの治療は終わっていなかったし」

「死んでもいなかった」

「そう」

「そうと知らずにあずかりやは約束通りポストに投函した、というわけだ」

「ええ、そうね。あなたがその手紙を持っているってことは、そういうこと。でも半年後ではない。クリスマスイブに届くということは、あずけてから七ヶ月は経っている。一ヶ月延長して待っててくれたみたい」

「手紙、君に返そうか？」

「嫌よ。読み直すの怖い」

「処分したほうがいい？」

彼女はしばらく黙っていたが、「いつか読み返したくなる日が来るかもしれない」とささやくようにつぶやいた。

今は読みたくないけど、捨ててしまうのは嫌なのか。まだ未練があるのか。これ、ぼくがあずかりやになって保管するしかないのか。しかし、「じゃあ返して」と言われても、こちらにも未練はある。五年も一緒にいたのだ。大切な手紙だ。情けないことに、ぼくもふんぎりがつかない。

彼女は再びふーうっとため息をついた。

「すごく悪いことをしたわ。すごくね」

「誰に？」

「わたし、実を言うと、あずかりやさんに手紙をあずけてから、手紙の存在をすっかり忘れていたのよ」

「え？」

「あずかりやさんにあずけることで、ふんぎりがついて、治療に入る勇気をもらえたの。翔太くんへの想いや普通の生活のすべてを手紙に込めて封印して、すっかり気が済んでしまったのね」

ぼくが彼女の手紙に心動かされてバタバタしていた頃、彼女にとって手紙の内容は過去のものになっていたというわけだ。

「それはもう凄まじい治療でね、幼い頃の記憶にあった苦痛よりも数倍辛《つら》くて。生きるか死ぬかの闘いが毎日続いて。終わりがないかと思うほど長くて、先の見えないトンネルって感じで」

彼女はそこで口を閉じた。辛い治療の記憶を封印しようとしてか、口を真一文字に結んでいる。再び口を開く前に、ハーブティーを飲んだ。ぼくも飲んだ。ものすごくうまい。

「二年、かかった。まる二年。とうとう悪いものを封じ込めて、家に帰ることができた。別人になったような気がした。なにもかも新鮮に感じて。太陽とか風とか雨とか、すべてがね。初めて見るような気がするくらい、新鮮で。家に戻ってしばらくして、これが届いていたのを知ったの」

彼女はぼくが投函したガンバレ年賀状を手にした。

「わたし、年賀状を見て、あっと叫んじゃった」

「あっと?」

「手紙をあずけたのを思い出したの」

「おいおい、そこまで完璧に忘れていたのか」

「ええ、それでこの年賀状はあの手紙の返事なのだろうと考えた。あずかりやさん、投函してくれたんだなあと思った」

ぼくは手紙が気の毒になった。本人に忘れられちまうなんて。

「それからわたし、遅ればせながら高校に進学するために、自宅で勉強を始めたの。同時に中学時代の友だちと連絡を取ってみた。アドレス知ってる子たちに一斉メールでね、会員番号二十七番、はずかしながらよみがえりました、とね。みんな喜んで返信メールをくれた。翔太くんのファンクラブは卒業式をもって解散したことを知らされた。会員番号十二番の子が会いに来てくれてね、その子にこの年賀状を見せたら、翔太くんが書いたものとは思えないというのよ」

「なぜ？」

「筆跡鑑定よ。ファンて凄いのよ。アイドルの筆跡がわかるんだから。だったらこれは誰が書いたか、ってことで、十二番はさらなる筆跡鑑定をして、双子の兄の一歩の字だとつきとめたわけ」

「どうしてわかる？」

「その子、小学校も翔太くんと同じで、つまりあなたとも一緒。翔太くんに双子のお兄さんがいることを知っていたし、卒業文集で、あなたの筆跡と照合してくれて、間違いないと言った」

おそるべきファンスペック。

「なぜ返事をお兄さんが書いたのか。それは彼女もわからなくて。病気のことを知って、ただ、頑張れって言いたくて、年賀状をくれたのかとか。ラブレターを読んで、からかったのかとか。いやひょっとするとあのラブレター、あずかりやさんはまだ投函していないのかしらとか。とにかく謎だらけでね、混乱した」

うーむ。言葉に詰まる。

腹がすいた。話の途中で悪いけど、なんか食おうと言ってみた。ぼくはサンドイッチを食わなかったがためにひとの手紙を盗み読む、というか、読むだけじゃなくて不法に所持していることに罪悪感があり、空腹のまま、何かを言ったりやったりすることを避けたいという思いがあった。

食事をすることに同意を得られて、注文した。

彼女は魚介類がたっぷりのっかったトマトソースのスパゲティを、ぼくは野菜カレーを。料理が来る頃には店内にはクリスマスソングが流れていた。

ジョン・レノンの『ハッピー・クリスマス』だ。なぜこんな曲をイブの夜に流すのだろう。ぼくはこの曲が好きだけど、レストランで女の子と一緒に、ましてやクリスマスに聞きたくない。だってこれはさ、おめでたい歌じゃないんだ。クリスマスを讃えながら、君たちが望めば争いは終わると叫び続ける。つまり反戦歌。繰り返し、君たちが望めばとたたみかけてくる。とどのつまり、本当のクリスマスはこの世から争いがなくなった先に来る、とジョンは言っているわけで、この地球のどこかで殺戮《さつりく》が繰り返されているのに、クリスマスケーキなんか食ってる場合じゃないと、責められているような気がするんだ。価値のある歌だけど、辛い。おっしゃる通りなんだけど、苦しくなる。

彼女は歌の意味を知らないのだろう、結構な量のスパゲティを完食した。

ジョンはああ言ってるけど、辛い闘病のあと、こうして健康を取り戻した彼女は、クリスマスケーキを食べる権利があるとぼくは思う。

「ケーキも食べる?」

「うん。あなたは?」

「ぼくはお腹《なか》いっぱい。君は食べて」

「うん」

彼女は遠慮なく生クリームたっぷりの苺《いちご》ショートを注文し、うまそうにたいらげた。ダイエットとは無縁のようだ。

彼女は今、高校三年生だそうだ。今年ぼくに年賀状をくれたのは、「一歩くん、年賀状をくれたのはあなたでしょ。わかってるんだから」と伝えたかったのだそうだ。

「うれしかった。ガンバレという言葉が。健康は取り戻せたけど、学校は遅れてしまって、途方に暮れていたところだし。まあ、それと、興味もあった。翔太くんの双子の兄だなんてね」

だから今日は来てくれたのか。全然似てないぼくをテラス席に見つけて、さぞかしがっかりしたことだろう。手足は奴のようにすらっとしてないし、動作がもっさりとして、およそモテないタイプのぼく。鼻水まで見られちまったし。

空を翔ける翔太。

地面を歩くしかない一歩。名前からして勝ち目はない。

実際、女の子とふたりきりで食事をするのは初めてで、ぼくは緊張していた。情けないったらない。

彼女がケーキを食べ終えるのを待って、ぼくは思い切って、言いたかったことを言うことにした。凍りつくほど待ったんだ。言うしかない。

「生きててくれて、サンキュ」

彼女はびっくりしたような目で、ぼくを見た。

クリスマスカードを送ったのも、テラスで凍りつくほど座っていたのも、つまりは、生きててくれてよかったと彼女に伝えたかったからだ。会ったこともない彼女の命の火がぼくにはありがたかったんだ。それを伝えたかった。ようやく目的を果たせた。

彼女は言葉を返してこない。

「あずかりやの店主も知りたいんじゃないか。君が生きていることを」

彼女は「そうかな」と自信なさそうに言う。

「覚えてないいんじゃないかな。昔のことだもの」

「でも、投函してくれただろう？　どんな気持ちで投函してくれたんだろう」

彼女はうつむいてしばらく黙っていたが、やがて所在無げに外を見た。途端、「あ」とつぶやき、目を輝かせた。

いつの間にか噴水池の前に雪だるまができている。おとなの膝くらいの高さの雪だるまで、貧相だ。ところどころ土で汚れている。積雪量が少ない、いかにも東京の雪だるまという感じ。赤いニット帽が丸い頭に載っかっていて、サンタに見立ててある。誰が作ったのかな。

「あずかりやさんが投函してくれたから、会えたね」と彼女はうれしそうに言った。

ぼくはドキッとして言葉に詰まった。すると彼女はあわてたように「あの雪だるまにね」と補足した。


あれがハナミズキだと、彼女が教えてくれた。

昭和な感じの商店街を歩いて行くと、左側に薄桃色の花が咲いている。桜と違って枝ぶりが華奢で、はかなげに見える。

「その正面にあるのが、あずかりやさん」

藍色ののれんが揺れている。「さとう」の白い文字があざやかだ。まるで和菓子屋のようなたたずまい。「あずかりや」だなんて、どこにも表示がない。知る人ぞ知る店なのだろうか。

彼女は歩を止めた。ぼくもつられて足を止めた。

クリスマスイブの日に上野で会ってから四ヶ月以上経っていた。彼女と会うのは今日で三度目だ。イブの別れ際、ついでのように初詣に誘ったら、「うん」と言ってくれて、元日の夕刻に待ち合わせて、参道に並びながら甘酒を飲んだ。

「あずかりやに行ってみたい」とぼくが言うと、「何をあずけるの？」と彼女は言った。

「それは内緒」とぼくは言った。「案内してくれないか」と頼むと、彼女はあっさりと「うん」と言った。「でもしばらくは無理」

「受験が済んだら」と彼女は言った。

そうか、受験か。初詣に誘って悪かったと思った。賽銭《さいせん》を放って彼女の合格を祈り、学業成就のお守りを買って彼女に渡して、その日は別れた。

三月に「合格した」とメールが来て、「おめでとう」と返信すると、あずかりやに行く日を指定してきた。五月五日こどもの日だ。

そういうわけで、こどもの日の今日、ふたりでこうしてあずかりやにやってきた。

彼女は栄養学を学ぶために女子大に進んだのだそうだ。女子大という響きに安堵している ちっぽけな自分がいた。

病院での検査は続いているのだろうが、彼女は病気の話をいっさいしない。ぼくはがんについてあれこれ調べて、五年生存率という言葉も知ったけど、じゃあ自分はどうかと考えれば、明日交通事故で死ぬかもしれないし、だからそういうことは、意味がないと思うことにした。

「やっと店主に君の元気な姿を見せることができる」

「それは無理よ」

「なぜ」

「とにかく、無理なの」と彼女は言う。

ここまで来て店には入らないつもりか？

意外なことに、彼女はぼくを置いてひとりさっさとのれんをくぐった。ぼくはあわててあとに続く。

店内はしんとして、客はいない。

まずはガラスケースが目についた。そこに古そうなオルゴールと『星の王子さま』の本が飾ってある。本も年季が入っている。小上がりの奥に文机があり、想像していたよりもずいぶんと若い男が分厚い紙の束をなでていた。読書をしているのだと、すぐに気づいた。読むと言っても、目ではなくて、大きいてのひらで紙をなでている。

それは点字だと、ぼくは知っている。従兄弟《いとこ》が全盲だからだ。さっきの彼女の言葉「元気な姿を見せるのは無理」に納得。店主が盲目だなんて想像もしなかった。

ぼくらの気配に気づいて、「いらっしゃいませ」と店主は言った。

湖を思わせるような透き通った声だ。立ち上がるとかなりの長身で、動作が美しい。少し、少しだけだが、背格好が翔太に似ている。でも翔太と違って落ち着きがあるし、店内はひじょうに清潔で、人間性は真逆のようだ。

「どうぞおあがりください」と店主が言った。

ぼくが靴を脱ぐより先に、彼女は小上がりに飛び乗った。文字通り、飛び乗ったのだ。白いスニーカーが三和土《たたき》で跳ねた。

「あずかりやさん！」

彼女ははずんだ声で叫ぶと、店主に抱きついた。

ハグか？　これって、ハグか？

あまりのことに、ぼくは固まった。

「あずかりやさん……」

彼女は店主の胸に顔をうずめた。泣いてる？

なんてことだ。

店主は落ち着いている。彼女の後頭部をまるで父親のように片てのひらで包むと、

「一ノ瀬はずみさんですね？」と言った。

彼女はびっくりして顔を上げ、「わたしが、わかる？」と言った。

「わかります、声でわかりますよ。ちっとも変わらない」

彼女はやっと店主から離れて、座った。店主も座った。

ぼくはと言えば、片方の靴を脱ぎかけたまま、突っ立っている。小上がりの上は
ふたりだけの世界に思え、とても他人が踏み込めるものではない。

「わたし、死ななかったよ」と彼女は言った。まるきり子どもの口調だ。

店主は「ええ」と静かに応えた。

「びっくりしたでしょ！」と彼女はふざけたように言った。

店主はしばらく微笑んでいたが、やがて首を横に振った。

「いいえ。一ノ瀬はずみさんが亡くなったと思ったことは一度もありませんよ」

「嘘！　あずけた手紙、出してくれたでしょ」

「お約束しましたからね」

「わたし、取りに来なかった」

「手紙のことをお忘れになったのでしょう？」

彼女はびっくりした顔をした。

「うちにものをあずけて、それきり忘れてしまうひとは大勢います。忘れるためにあずけるかたもいらっしゃいます。一ノ瀬さんがお忘れになったと思い、一ヶ月ほど余計に待ちました。いらっしゃらないので、投函しました。お約束ですからね」

彼女はなんとも言えない顔をして、しばらく黙っていたが、表情とは裏腹の明るい声で「ごめんなさい。わたし、すっかり忘れてた」と言った。

「いいんです。忘れてくださって。でもわたしは忘れてはいけません。仕事ですからね」

ふたりは同時に微笑み合った。

彼女は治療が長引いたことや、手紙が起こした騒動を言わなかった。元気そのものの女の子。青春真っ只中の女の子。そんなふうに振る舞っている。再発する前の、翔太のファンクラブ会員番号二十七番だった頃の姿を彷彿《ほうふつ》とさせた。

店主は終始静かに微笑んでいる。動揺をちらとも見せずに。彼女があまりに子どもっぽいので、対する店主は祖父のようにも見える。

ぼくはでも、店主は嘘をついていると感じた。今この瞬間も彼女の命に歓喜し、胸が高鳴るのを懸命に抑えているように見えた。死んだと思ったことは一度もないと言ったけれど、それは嘘だ。生きているという望みを完全には捨ててはいなかった、ということだと思う。願っていたのだ。生きてくれと。ぼくと同じ気持ちで。願いながら投函したのだ。

彼女はもっと早くここに来るべきだった。

彼女をここに連れてきてよかった。


帰り道、彼女はスキップをするように、リズミカルに歩いた。

こどもの日は、二十歳でも五歳に戻るルールがあると言わんばかりのはしゃぎようだ。ぼくは気を紛らわすために口笛を吹きながら彼女のあとを歩いた。まるでバカップルである。

彼女は急に足を止めるとこちらを振り返り、「一歩くん、あずけもの、しなかったね」と言った。

結局ぼくは、小上がりに上がらず、ただ彼女と店主のやりとりを見ているだけだった。店主は勘がよくて、ぼくに気づいており、何度かこちらに声をかけようと試みているようだったが、彼女は「ルリビタキは今日はいないね」などと次々店主に話しかけ、ぼくはだんまりなので、あきらめたようだ。次の客が来るまで、彼女は意味のないおしゃべりを続けた。

ぼくは歩くスピードを上げ、彼女を追い越しながら言った。

「もういいんだ」

「いいって何が」

「あずけない」

「何をあずけるつもりだったの？」

ぼくは黙ってどんどん歩いた。

「あずけたいものがあるんじゃなかったの？」

ぼくは答えない。

「わたしに会う口実だったりして？」

彼女はふざけたようにぼくの腕を引っつかんで揺さぶった。

ぼくはキレた。

「これだよ！」

リュックから薄桃色の封筒を出して見せた。

彼女はお化けでも見たような顔をした。

ぼくは声を荒らげた。

「これ、もう持っていたくないんだ。だから店主にあずけようと思ってここに来た。取りに行かなければ店主が処分してくれるんだろ？　捨ててくれるんだろ？　それが仕事だからさ！」

彼女は黙って睨《にら》むようにぼくを見ている。

「仕事だから投函できるし、仕事だから捨てられるんだ」

吐き捨てるように言った。

ぼくはあずかりやではない。仕事じゃないから、捨てられないんだ。でももう、持っているのは苦しいんだ。仕事じゃないから苦しいんだ。

あの店主に渡す気にはなれなかった。

格好よくて、翔太に似てるし、性格もよくて、君は彼に抱きつくし、だからこの手紙を渡す気になれない。ぼくがあずけたら、彼女が明日取りに来るかもしれない。また店主に抱きつくかもしれない。なんだよ、いちゃつきやがって。

ぼくはすっかり店主にやきもちを焼いていた。

五年間ぼくの本棚に刺さっていたラブレター。ぼくの心にずっと刺さっていたラブレター。イブに彼女に会ってから、偶像崇拝は効力を失った。偶像なんか、もはや崇拝できない。彼女は生きて、目の前にいるのだから。

彼女は怒ったような顔でつぶやいた。

「もそ」

「何？」

「もそ！」

「何だって？」

彼女はぼくから手紙を奪って走った。ぼくは必死に追いかけた。彼女はリスみたいに素早く商店街を駆け抜け、大通りの向こうにあるコンビニに飛び込み、肩で息をしながらライターを買った。そこでやっと「燃そ」だと理解した。

ぼくらは明日町こんぺいとう商店街に戻った。

あずかりやを通り過ぎた先に小さな公園があると彼女が言ったからだ。遊具は斜めに傾いたブランコと錆《さ》びた鉄棒、背の低いすべり台。ベンチは板の部分がぼろぼろで、明日町公園という名に反して、昨日というか、過去に取り残されたような風情であった。

尻にトゲが刺さりそうなベンチにハンカチを広げた。彼女は「ハンカチなんか持ってるんだ」と繊細さをからかうような口をきき、それでも素直に腰を下ろした。ぼくは直接腰を下ろす。肩を並べて座ると、近しい関係になったような気がした。

「あ、見える」と彼女は言った。

座った途端、巨大なスカイツリーの姿が現れた。ベンチに座るとちょうど真正面に見上げる形になる。ゴジラのように、異質感がある。風景にミスマッチな巨大な建物。こんなに近くで見るのは初めてで、近未来映画を見ているような気分になった。地上は昭和なのに、空は未来を見せてくれる。

明日町公園の名前の意味が心に沁みた。

ゆっくりと日が暮れていった。人通りがなくなるのを待って、ぼくらは手紙を燃やすことにした。

野焼きは法律違反だから、人に見られてはいけない。火事を起こしてもいけないから、土を掘ってくぼみを作り、そこで焼くことにした。まるで子どもの火遊びみたいに、ふたりでこそこそとやった。時々背後を見て、人が来ないか確かめる。犯罪者のように。まあ、軽犯罪者ではある。

「ほんとうに焼いていいんだな？」

「過去は燃す」

「燃やす、だろ？」

「燃す」

「……」

「わたしはこれから先も生きてゆくんだから」

彼女は封筒から便箋を取り出した。ぼくはライター係。彼女がつまんでいる一枚のはじっこに火を点けた。それはそっとくぼみに置かれた。便箋はみるみるうちに面積が縮まり、彼女の文章はあっという間に消えてゆく。熱くたぎる青春が小さな炎とともに消えてゆく。一枚が燃え尽きる前に、もう一枚を彼女はくべた。ぼくは泣きそうなのに、彼女の口元はにやついている。花火をする子どものような瞳。未練はないようだ。彼女は最後に封筒を燃やした。切手も消印も珈琲のシミもこの世から消えてゆく。彼女の情熱もぼくの失敗も消えてゆく。

さよなら、あの頃の君。

さよなら、あの頃のぼく。

紙は偉大だ。どんなに大切なことが書かれてあっても、火に触れるだけで見事に姿を消す。残ったのは驚くほどわずかな灰だ。

土をかぶせた。焦げた臭いだけを残して、偶像はなくなった。

彼女はかぶせた土をスニーカーで力強く踏みしめ、せいせいした顔でスカイツリーを見上げた。ぼくも見上げた。

過去は土の中。ぼくらにあるのは未来だ。

「よろしく」とぼくは未来に言った。

「よろしく」と彼女も言った。

次の言葉をぼくが言うより先に、彼女は言った。

「次のデートはスカイツリーにしない？」

ツキノワグマ

りりりりりん…………りりりりりん…………

「はい、桐島でございます」

「…………」

「もしもし、こちら桐島です。どちらさまですか?」

「よかったあ。つながって」

若い女の声に、受話器を握りしめている透の口元は緩んだ。

「わたしよ、わかる?」

「石永?」

「正解。石永小百合。さすが桐島くん、声だけでわかるなんて」

「声しか知らないよ」

「桐島くんは全盲だもんね」

一瞬の沈黙ののち、「あいかわらずだなぁ」と透はつぶやく。

「あいかわらずって何?」

「石永は変わってない」

「変わったよ」

「そう？」

「三年も経てば変わるよ」

「何かあった？　突然、電話をくれるなんて」

石永小百合とやらは黙った。

この女が電話をかけてくるのは初めてだ。三年ぶりに透と会話をしたとなると、盲学校時代の同級生らしい。

長話をしてくれまいか。

透はひとり暮らしゆえ、人の出入りがないとしゃべらない。近くにいるのに何を考えているかわからない。我輩は知りたい。透の心を。

「何かあった？」と再び透は問うた。

「今、話してて大丈夫なの？」

「店は閉めたから」

「夕食は食べた？」

「今何時か知ってる？」

「十一時過ぎちゃってる。普通、食事は済ませてるよね。夜分にすみません、って言うべき？」

「そんなの石永らしくない」

その後しばらく沈黙が続いた。電話代が嵩《かさ》む。無駄に嵩む。かけたほうの電話代とはいえ、気になる。せっかくだからもっと話したらよいのに。若いふたりだ。ぽんぽん会話を弾ませろ。それが青春ってものだろう？

沈黙を破ったのは石永だ。

「どうして電話に出たの」

この女、ねちっこいタイプか？

透は面白がっているようで、微笑んでいる。

「寝てるかと思った」と石永は言う。

寝ているところを狙ってかけたのか？　その真意は何だ？　睡眠妨害？

このふたり、学生時代にどういう関係だったのだろう？

「これっていたずら電話？」と透は問うた。

「怒った？」

普通の人間なら怒るだろうな。

「怒ってないよ」

透はそういう奴だ。

我輩は透が怒ったところを見たことがない。喜怒哀楽という言葉がある。怒りの感情も人を形作る大切な要素だ。透は怒りの部分が欠損している。視力を失った時、ついでに怒りの感情も喪失したのだろうか。それとも怒りはあって、封じ込めるのに長《た》けているのだろうか。

「桐島くんがお店を始めたって、西野くんから聞いて」

「それはいつのこと？」

「高等部を卒業する少し前。お店の電話番号を西野くんから教えてもらったんだ」

「そう」

「三年の時、夏休みが終わって学校へ戻ったら桐島くんがいなくて。退学したって聞いて、驚いた。断りもなく勝手に。ものすごく腹が立って、あんな奴、いなくたって平気。忘れてやるって心に誓って」

「いなくたって平気だったでしょう？」

「平気でした」

気の強い女だ。

「お店のことは気になっていたの。聞いたことがない商売だし、成り立つのかなって。西野くんは、いつつぶれるかわからないって心配してた。卒業したらすぐお店に行ってみようって約束したんだけど、卒業式の前の日に西野くんのおじいさんが亡くなって」

「そうだったね」

「彼、卒業式に出ないで徳島に戻ってしまったでしょ」

「うん」

「ひとりでお店に行くのはハードルが高くて」

「うん」

「あとは進学準備で忙しかったし」

「進学おめでとう」

「遅過ぎ。もう大学三年」

石永はくすくす笑った。

「声って変わらない。高校生の桐島くんと話してる気になっちゃう」

「たった三年で声は変わらないさ。大学はどう？」

「推薦で筑波に進んだのだけど」

「高校の先輩がいっぱいいるから心強いね」

「うん、でも」

「でも?」

石永は黙った。もう電話代は気にならない。沈黙もこのふたりにとっては会話なのだ。

「桐島くんのお店を見たかった」

石永はまるでボールを放るように言葉を送ってきた。アンダースローで、下からふわりと曲線を描いてこちらに向かってくる。

「店はなくならないよ」

透はちゃんと受け止められたのだろうか。

「でも見ることはできない」と石永は神妙な声で言った。

再び沈黙があった。今度の沈黙を破ったのは透だ。

「いつ?」

「先月」

「不自由を感じる?」

「そうでもない。もう光しか感じてなかったから、実際見えてないも同然だったんだ」

「そうか」

「終わったな、と思った。ネガティブな意味じゃなくて、たどりついたという感じ。失《な》くしてゆく過程が終了して、折り返し地点に来た」

「なるほど」

「桐島くんは七歳の時に事故でいきなり全盲になったんでしょ。だから光のある世界はくっきりとした記憶なのだろうけど、わたしは時間をかけて失くしたから、記憶にある世界はずいぶんとぼやけている」

「そう」

「でも不思議。桐島くんと見に行った海ははっきりと覚えているんだ。真っ青な空、真っ青な海」

透は少しの間をおいて、いたずらっぽくささやいた。

「ぼくの記憶だとオレンジ色だ」

ふたりはくすくすと笑い合った。

「そうか夕日か。そうねえ。そんな時刻だったっけ。夕日に染まってたのね、桐島くんの海は。わたしの海とは別物だなあ」

「人が違えば、見えている世界も違うんじゃないか。視力がある人たちも、記憶に残る風景って、違っているのではないかな」

「そういうふうに考えたことはなかった」

「お互い一番美しいと思う海を見た。それは間違いない」

「そうね」

今度の沈黙は長かった。

相手の海を想像しているのかもしれない。このふたりは海を見に行ったんだ。透にそんな青春があったとは。我輩はたいそうほっとした。

「おやすみなさい」

がちゃり、と切れた。

え？

透は虚をつかれた顔をして、しばらく固まっていたが、やがてそっと受話器を下ろした。そのあとすっかり伸びてしまったラーメンをまずそうにすすった。

本日、透は二十歳になった。本人は自分の誕生日を忘れているらしい。石永はきっと知っていて、かけてきたのだろう。「誕生日おめでとう」を言わずに切った。しゃべり方はたいそう生意気だったが、照れ隠しなのかもしれない。

突然切れてしまったので、置いてけぼりをくった気分だが、全体には良い会話だった。

透はラーメンを食べ終わり、どんぶりを洗い始めた。

本日、あずかりやは大忙しであった。

昼下がりに来た客はなんと、おしゃべりなインコをあずけていった。威勢のいい婆さんが黄色いセキセイインコを肩にのせてやってきて、百円を置き、「ピー子をよろしく頼むわ」と言ったのだ。

婆さんはピー子に「良い子でいてね。わたしをゆるしてちょうだい」と涙涙で別れの挨拶をしていたから、引き取りに来ないのはあきらかであった。

小鳥をかごにも入れずにあずけるとは、傍若無人な婆さんだ。

「鳥は自由でいるべき。飛びたい時に飛べなくてはダメ」などとほざいていたが、あずかりやには社長がいて、社長はあいにく猫なので、万が一ということがある。

透はピー子を社長から守るため、いったん段ボール箱へしまい、空気穴を開けた。

そして我輩を使ってホームセンターに連絡した。

「即日届けで、鳥かごをひとつお願いしたいのですが。あと、セキセイインコの餌もお願いします。ええ、セキセイインコです」

鳥かご代と餌代および即日届け料金で一万円の支出となり、婆さんが払ったあずかり代百円を引くと、九千九百円の赤字となった。

透はかごに付いていた餌入れに餌を入れ、水入れに水を入れた。それから段ボール箱に手をつっこんで、指をピー子に嚙《か》まれながらどうにかつかまえ、鳥かごに入れた。

ピー子は新しい城がたいそう気に入ったようで、止まり木の上で「オハヨー、コンニチハ、コンバンハ」などと声を張り、餌を食い散らかし、糞は仕放題。急に黙ったかと思えば、寝た。自然界では食われる恐れがあるから、かごの中のほうが落ち着くのかもしれない。

そんなこんなで透は夕食をとる時間がなく、夜遅くにインスタントラーメンを作り、どんぶりによそったところに、電話が鳴ったのである。

こういう時、我輩の意思で着信拒否できたらよいのだが、そうもいかない。なにせ我輩は昭和の中頃に一世を風靡《ふうび》した黒電話なのである。

通話機能はばっちりだが、流行《はや》りの電話機にあるような小賢《こざか》しい機能はない。留守電とかファクスとかは無理。あくまでもリアルタイムに人と人をつなぐ。その道一筋のザ・電話なのである。

このうちはもともとは和菓子屋だった。注文を受けたり、材料を仕入れるのに、我輩はなくてはならない存在だった。

和菓子屋を始めた先々代は、電話がまだ珍しい時代に我輩をこの家に迎えた。近所では電話を引いていない家が多く、借りに来る人もいた。

商店街の風呂屋の親父や靴屋のおかみさんも我輩を握りしめた。そして通話が終わると、お礼に入浴サービス券を置いていったり、和菓子を買っていったりした。

我輩は言ってみれば、スターであった。最も誇らしい時代だったと言いたいところだが、実は当時を振り返るのは少々辛い。

なぜなら我輩はあられもない姿をしていた。なんと、先々代の妻が編んだレースの服を着ていたのだ。あの服にはほとほと閉口した。

我輩は黒く艶やかで、計算し尽くされたボディラインは風格がある。裸一貫で勝負すべきグッドデザインなのに、服を着せられるなんて！

服は汚れると抜け目なく替えられた。替えの服は藤色の花柄のコットンで、縁にぐるりとフリルが付いていた。誇り高きデザインを白いレースやらフリルやらで覆い尽くす、そのセンスは理解の範疇を超えている。

想像してみてくれ。まるでツキノワグマがエプロンをしているような格好だ。

この恥辱は先々代の妻が亡くなるまで続いた。

その息子は和菓子屋を継がずにサラリーマンとなり、店はその妻が引き継いだ。

彼女は恥辱のカバーを剝ぎ取り、我輩をむき出しにしてくれた。

ヤッホー！

我輩は快哉を叫んだ。それだけではない。彼女は毎朝、我輩を真っ白な布で磨いてくれた。

我輩は彼女をたいそう好きになった。

彼女は淡々と店を切り盛りした。注文を受けるのは彼女で、その頃最も我輩を握りしめたのは彼女であったが、ついぞ彼女の名前を知る機会はなかった。

彼女は電話に出ると「菓子処桐島です」と名乗ったし、従業員からは「奥さん」と呼ばれ、夫からは「おい」と呼ばれ、息子からは「おかあさん」と呼ばれていた。

彼女には役割があった。言い換えれば、役割しかなかった。

彼女は朝から晩まで役割という服を着続け、脱ぐことをしなかった。我輩の服は脱がせてくれたのに。

彼女は小柄で痩せており、青白い顔をして、夕方になると咳《せ》き込んだ。

「喘息《ぜんそく》持ちなんだから、無理をするな」と夫が声をかけることがたびたびあった。

気遣いではなく、いらついて愚痴る、そんなニュアンスに聞こえた。彼女は小さな声で「すみません」と言ったが、傷つく様子はなかった。

彼女は感情に起伏がなかった。従業員に対しても夫に対してもさん付けをし、ですます調で話した。息子に対してもだ。

「透さん、ご飯の時間ですよ」

「透さん、お風呂に入りましょうね」

息子が言うことをきかなくても、従業員がミスをしても、大きな声を出さない。感情を表に出さず、淡々と役割を果たす。そんな彼女を「恐ろしく強い」と感じた。彼女には可愛《かわい》げというものがさっぱり見当たらないのだ。強情という服を着た女だと思うこともあった。

とはいえ、彼女のそんなところも好きだった。

彼女にボディを拭かれるたびに感じるのは、ひんやりとした精神だ。冷たいのではない。清潔で邪念がない。それは「誠実」というものではないかと思う。

そう、彼女には誠実さがあった。それを知っているのは、我輩だけではない。ドアノブや、のれんや、畳も知っている。菓子を作る道具や、菓子を並べるガラスケースも知っている。彼女が触れたものにはそれが伝わるはずだ。彼女は店にあるすべてのものから信用されていた。道具たちは錆びる心配をしなくて済んだし、ガラスケースがくもる日はなかった。

彼女の誠実さが人間に伝わるかどうかはあやしい。人間というのは、目に入るもの、耳に入るものに気をとられがちだ。だから、声が大きいものが王様になるし、美しいものが女王様になる。

彼女はべろべろばあ、なんて子どもをあやしたりしないが、息子を背負いながら店で立ち働く姿は神々しかった。

家事も育児も仕事も丁寧にやっていた。いつも丁寧だから、起伏がなく、周囲に気づかれない。痛々しいほど生真面目だったから、脆《もろ》くも見えた。「少しは気を抜け」と言ってやりたかった。たとえば我輩を拭くのも三日に一度でいいと思う。根をつめるといつか破綻する。我輩はそれを危惧していた。

予感は当たった。

透が七歳の時のこと、留守番が嫌だとぐずった透を軽トラックの助手席に乗せて配達に行き、彼女は事故を起こした。そして透は光を失った。

その日から彼女は青白さを増した。泣きもわめきもせず、ただただ青白くなっていった。やがて色がなくなり、薄くなり、紙っぺらのようになったかと思うと、最後には糸のように細くなり、ついには消えてしまった。

和菓子屋は閉店となり、我輩は活躍の場を失った。

彼女の夫は会社が好きで家にはほとんど帰ってこなかったし、透は長いこと盲学校の寮にいた。正月に帰ってきても、男ふたりはつまらなそうに、餅を食っていた。

透が高三の夏、突然学校をやめてここへ戻ってくるまで、我輩は埃《ほこり》をかぶった置き物に成り下がっていた。我輩の隣には鮭をくわえた木彫りのクマの置き物がある。透の父親が北海道に出張に行った時、土産に買ってきたものだ。大きさといい、色といい、そいつとなんら変わりのない存在になっていた。

透は戻った翌日から、毎朝我輩を拭いた。清潔な雑巾でしっかりと拭く。隣のクマの置き物も同様に拭く。畳も拭く。

透のてのひらはやはりひんやりとしている。彼は母親似だと思う。


りりりりりん……………りりりりりん…………


「はい、桐島でございます」

「桐島?」

「はい」

「ここ、あずかりやでは？」

「はい、あずかりやを営んでおります」

「ああ、よかった。あずけたいものがあるんだ」

それは中年男の声であった。

「場所はご存じですか？」と透が尋ねると、「行くことはできないんだ」とそいつは言った。

北林と名乗った。がさがさと落ち葉がこすれるような声をしている。

透は申し訳なさそうに言った。

「あずかりものを取りに伺うことはできないのですが」

「来なくていい。電話であずけたいんだ」

我輩で？

「何でもあずかると聞いた。わたしは声をあずけたい。あずかってくれるだろうか」

北林は難問をつきつけた。

あずかりやを始めて五度目の秋を迎えていた。

看板も出さず、チラシを配るでもなく始めたあずかりやは、口伝えに評判を呼び、ぽつりぽつりとだが客が訪れるようになっていた。明日町こんぺいとう商店街の地図にも載るようになり、電話番号を記載してはいたものの、事前に電話をかけてくる客は今までいなかった。

「声、ですか」

「ああ」

「録音しましょうか」

「録音？」

「ボイスレコーダーで録音すれば、確実ですが」

「あずかりかたは、どうでもいい」と北林は言った。

「君に声をあずかってほしいんだ。紛失することなく確実にあずかってほしい。できるか？」

透はしばらく考えたのち、「できます」と答えた。

「ありがとう」と安堵の声が返ってきた。

「取りにいらっしゃることはできますか？」

「そのつもりだ」

「いつ、取りにいらっしゃいますか？」

「わからない」

北林はあずかりやのシステムを知らないようだ。一日百円であずかり、期限を決め、料金は前払い。それが鉄則なのである。毎度、初めての客に透が説明するものだから、隣の部屋にいる我輩もソラで言えるほど知っている。小学生にもわかる単純明快な鉄則だ。

北林の言い分では、前払いができない。期限がないから、金額が決まらない。金額さえ決まれば、振込みで払ってもらうこともできるのだが。

「あずかり賃は一日百円となります」と透は言った。

「うん、それでいい。金は取りに行った時に請求してくれ」

しばらくの沈黙ののち、透は「わかりました」と言った。

いとも簡単に透は後払いを受け入れた。

この商売を始めた時、透はまだ十七歳で、思いつきというか、見切り発車的に開業した。それから五年間、さまざまなあずかりものを受け取った。あずかりものはひとつひとつ違った意味を持っていたし、あずけるひとの事情もいろいろだった。透は相手の人生をまるごと引き受けるわけではない。客はこの店に来て、ひとことふたこと話して、置いてゆく。その一片の情報をもとに透はあずかりものを引き受けるのである。

あずかり業にはマニュアルがない。透が発案者で、開発者で、実行人である。声をあずかる、というのも新たな挑戦だ。だから「やるだけやってみよう」と思ったに違いない。透はがんばりやだからな。

「念のため録音しますので、レコーダーを用意するまで少々お待ちください」と透が言うと、北林は「時間がない」と言って、いきなりしゃべり始めた。

「北林洋二郎五十二歳。生きてきて嬉しかったことベスト3は、八重子に出会えたこと、八重子と結婚できたこと、八重子のハンバーグを食べたこと。悲しかったことはみんな消えてしまうから、ぼくに残るのはそれだけ」

そして電話は切れた。

透は途方に暮れた顔をしている。

ううむ。

おそらく酔っ払いだ。

透は静かに受話器を置き、通常業務に戻った。

案の定、北林は一週間経っても一ヶ月経っても一年経っても、声を取りに来ることはなかった。

りりりりりん…………りりりりりん…………

「はい、桐島でございます」

「何がございますだよ、気取ってるぜ」

「西野か」

「おう」

西野というのは、盲学校時代の親友で、年に一、二回、ふいにかけてくる。彼のおかげで盲学校時代の様子が窺える。我輩は彼からの電話を心待ちにしている。

「そろそろ店がつぶれる頃だと思ってな」

「あいにく生き残ってる」と透は言った。

あずかりやを始めて十年が経っていた。生き残るという表現がぴったりなくらい、細々と営まれている。はじめは無理だと思った。雲をつかむような商売だと。和菓子のように実存する品を売る、それが商売というものだと思っていた。

しかしあずかりやは十年を生き抜いた。天晴《あっぱ》れである。

「繁盛しているのか?」

「それはない」と透は言う。

謙遜ではなく、それはない。あずかりやが繁盛したら、目をつけられ、あずかりやを起業する人間が現れる。そして全国にチェーン展開するだろう。まずはコンビニがあずかり業務を代行するだろうし、そうなれば、このあずかりやは「元祖あずかりや」と看板を出さなければならなくなり、でも透はそのようなことはしないだろうから、店には閑古鳥が鳴く。つまり、あずかりやは繁盛していないがゆえに、目をつけられず、細々と生きながらえているのだ。

「だよな。あずかってもらうのに金を払うなんて俺には考えられん」

西野の意見に我輩は十年前だったら一票を投じただろう。しかし今は、金を払ってでもあずけたい気持ちがわかるし、金を払うからこそ、信頼できるという客の思いも理解できる。

「そっちはどうなんだ。仕事は順調？」

「もちろん。イケメン鍼灸《しんきゅう》師って地元じゃ大流行り」

「西野ってイケメンなのか」

「どうやらそうらしいぞ。ソーリもイケメンかもな。学校でモテてたもんな」

西野は透をソーリと呼ぶ。盲学校時代のあだ名のようだ。

「来るだろ？」と西野は言った。

「どこに？」

「今月、卒業十周年でOB会があるだろ」

「知らない」

「なんで知らない。連絡が来ただろう?」

「中退したから、卒業生名簿にないんだよ」

「マジ?」

「うん」

「小一から高三までいたのに、しかも寮生なのに、高三の半年サボったら、卒業生認定されないって、結構つめたいなそれ」

「しかたないよ」

「柳原先生がいたら、名簿に残してくれたよな」

しばらくの沈黙があった。ふたりの口から「柳原先生」という言葉が出るのは稀《まれ》だ。しかしその稀な言葉には常になんとも言えない哀しさが込められている。

柳原先生がいたら。

つまり柳原先生はいないのだ。学校にいないのか、この世にいないのか、我輩にはわからない。

ふたりは先生の不在をひどく残念に思っていて、その傷はおそらく癒えることがないのだ。柳原先生は生徒に慕われていたのだろう。特に透は「やなぎはらせんせい」と、まるでひらがなをなぞるような発音の仕方をする。柔らかく、慈しむような発音だ。すごく好きだったのだろう。柳原先生はいない。いつどうしていなくなったかは知らないが、いなくても尚生徒に教え続けている。

喪失と哀しみを教え続けているのだ。天晴れだ。

「ОB会には興味ない。西野は来るのか、東京に」

「お前が来るなら行こうと思って」

「ぼくに関係なく行けよ」

「飛行機代がバカにならない」

「じゃあやめておけ」

「でも河合都《かわいみやこ》が来るんだぜ」

「河合さんが？」

透は受話器を強く握りしめた。

「今や世界的ピアニストの河合都が母校でピアノを弾く。今年のОB会にはそんな目玉があるんだぜ」

「何を弾くのだろう？」と透は問うた。

「ピアノだってば」

「当たり前だ。曲目だよ、曲目が知りたい」と透はじれたように言う。

「お前も来いよ。気になるなら来い。彼女のピアノ、好きだったろう？　よく廊下でこっそり聴いてたじゃないか」

透は黙りこくった。図星のようだ。

西野と会話をする時、透はあずかりやの店主という服を脱ぐ。別人格ではない。根っこは同じなんだ。ただ、肩の力を抜いて、和らいでいる。そんな時間が真面目な人間には必要だ。彼の母親のようになってしまわないように。

しばらくの沈黙ののち、透は「行かない」と答えた。自分に言い聞かせるようにきっぱりと。

西野よ、はじめに河合さんが来ることを伝えるべきだったんじゃないか？　それから「来いよ」と言えば、「行くか」てな感じになったかも。「OB会には興味ない」と言ってしまったあとで河合さんの話をされても「じゃあ行く」というわけにはいかないだろう。

「石永も行かないらしい」と西野は言った。

透は黙ったままだ。

「覚えてるだろ？　転校生の石永」

「うん」透は神妙に答えた。

石永小百合は今から七年前に電話をかけてきた。七年前は筑波大の三年生だった。あれから一度も電話は来ず、七年が経った。

「彼女のメルアドを知ってるか？」と西野は言った。

なんだ？　メルアドって？

「いいや、知らない」

「今どうしてるか知ってるか？」

「いや」

「長野の実家に戻ったんだ」

「いつ？」

「彼女、大学で教員免許を取って、東京で採用試験を受けたけど、筆記試験は通っても採用されなくて、長野へ戻って臨時教員になったって」

「そうなのか」

「それが五年前の話。今何してるかわからないけど、今回ＯＢ会に来るかメールで聞いたら、忙しくて行けそうにないってさ」

「そう」

「忙しいってことは、順調ってことだよな」

「だろうね」と透は言った。

「彼女からのメールの最後に、あずかりやへ行った？　と書いてあった。昔俺とした約束を覚えているんだ。今度こそ一緒に行こうぜってメール返したら、返信はなかった」

「へえ」

「お前、やっぱり来いよ」

「嫌だ」

「お前が来るなら、石永も来るかも」

「行けないって書いてあったなら、彼女は来ないよ。西野は行けよ。そして河合さんのピアノ、録音してくれないか」

「ちゃっかりしてんな」

「もし行ったら、でいいよ。もし録音できたら、でいいから」

「ばーか」

がちゃ、と切れた。

透はため息をついた。するとすぐにりりりりりんと呼び出し音が鳴り、透はすぐに受話器を取った。

「西野？」

「……………」

「西野、怒ったのか？　でもごめん、ほんとうに行く気はないんだ。店のこともあるし」

しばらく沈黙が続いた。

透は根気よく待った。応答はないまま、かちりと切れた。切れる直前、かすかだが、咳《せき》をしているような音が聞こえた。

透は受話器を握りしめたまま呆然として、受話器を置こうとしなかった。が、置かなければ再び鳴ることはないと気づいたのだろう、ようやく受話器を置いた。するとさっそく呼び出し音が鳴り、透はすぐに受話器を取った。

「桐島です」

「おい、やけに威勢がいいな」

「なんだ、西野か」

「なんだじゃねえよ、ちょい言い忘れたことがあって」

「うん」

「俺、スマホからかけてるんだけど、お前もスマホ持ってる?」

「ああ、持ってる」

「じゃあ番号教えろよ。これからはそっちにかける」

「うん」

「そのほうが楽だろ?」

「うん」

「メルアドも教えろ」

「ああ」

透はスマホの電話番号とアドレスを教えた。そうか、メルアドはスマホでの通信に必要なもののようだ。

西野は「ワン切りするから」と言って切った。それから透のスマホはピピピピピと軽薄な笛を吹き、それでもう西野の番号は透のスマホに記憶されたらしい。

そうなのだ。今はスマホの時代なのだ。透はスマホを手に入れてから、我輩を使うことが激減した。

透はスマホを使ってさっそく西野にかけた。我輩には透の声しか聞こえない。

「さっき一度かけた？」

西野はなんと答えたのだろう？

「一度切ったあと、すぐにかけた？」

西野の回答が聞こえない。

「途中で無言電話があったけど、あれ、西野じゃないのか？」

西野ではない。それは我輩にはわかる。咳をしていたじゃないか。

透は神妙な顔でスマホでの通話を終えた。


我輩は奥の八畳間に置かれている。透が寝起きする部屋だ。

和菓子屋の頃からの定位置である。店への注文だけでなく、親戚や学校からの連絡もすべて我輩が引き受けていた。それもまあ、昔の話である。

昨今、我輩は鳴らなくなった。うんともすんとも鳴らなくなった。我輩は再び置き物化しつつあった。

今朝、相沢さんがやってきて、「家の固定電話を処分する」と言い出した。

相沢さんというのは点訳ボランティアのおばさんで、小説やらなんやらを点字に訳しては、「読んでみて」と持ってくる。

透は相沢さんがやってくるとうれしそうに茶をふるまって応対する。

透は学生時代に点字本を読んでいたが、ここで商売を始めてからは文明の利器を取り入れ、読書は音声読み上げ機や、オーディオブックで楽しんでいた。しかし相沢さんが点訳本をくれるようになって、再び点字と親しむようになった。点字は自分のペースで読めるし、耳が自由になるので、店番の時間つぶしに最適だ。客が来るとすぐに気づけるしな。

相沢さんはうっかりやで、打ち間違いなどもあり、そこが手作りならではの味になっているようだ。

その相沢さんは一ヶ月ほど前に「スマホを買ったんだけど、使い方がよくわからない」と透に教わりに来た。透はパソコンもスマホも使いこなし、メカにはめっぽう強い。パソコンやスマホは目が見えなくても便利に使える機能が多々あるらしく、特にメールというやつは、音声読み上げ機能で読めるから、点字の手紙よりもやりとりが簡単だ。

スマホの使い方に四苦八苦していた相沢さんは、毎日のように透に教わりに来て、二週間もするとそこそこ使えるようになり、おかげでこちらもスマホの高機能ぶりをいやというほど知るはめになった。

もはや我輩の出る幕はない。自動車が普及して馬車が消えたように、スマホの普及で我輩は存在意義を失った。

そして本日、相沢さんは意気揚々と「スマホが便利なので、固定電話が要らないことに気づいた」と、契約解除に至った経緯を語った。

今頃気づくのかよ、と我輩はしらけた気持ちで相沢さんの弁を聞いた。

相沢さんは契約解除について「倹約になるし、すっきりした」と言ったが、要らなくなった電話機を処分するのには躊躇《ちゅうちょ》があるという。壊れていないものを捨てることに「罪悪感とまでは言わないけど、違和感がある」というのだ。

「寿命が来る前に捨てるって、人として、間違っているんじゃないかと思うの」

相沢さんは地球環境などと小賢しい言葉を使わず、いつも感性でものを言う。そこそこ真理をついているから、あなどれない。

「留守電機能がついていて、ナンバーディスプレイもある電話機だけど、桐島さん、使う?」

なんと、人に押し付けて違和感を払拭しようとしているのだ。透が「ありがとうございます、ぜひ」と言えば、我輩はお払い箱となる。

「うちは黒電話なんです」と透は言った。

「あら、珍しい」相沢さんははずんだ声を出した。

「なつかしいわ。見せてもらえる？」

透はどうぞと言って、相沢さんを八畳間に通した。彼女はいそいそとやってきて、おばさん特有のずうずうしさで我輩に触れ、受話器を取ると、「ああ、この重さよ。こうだったわ」とつぶやき、「こうして見ると素敵ねえ。重厚で、骨董品《こっとうひん》みたい」と褒めた。

「でも、留守電機能がないと、不便でしょ」

相沢さんは残酷にも我輩の短所を次々とあげつらった。

「電話番号を登録する機能もついていないわね。電話が鳴ってもどこからかかってきたかわからない。あと、コード。これ、面倒よね。やはりコードレスのほうが楽ですよ。電話をしながら動き回れますからねえ」

すると透は言った。

「そういう機能はすべてスマホについているので」

相沢さんは「そう言えばそうね」と素直に認めた。

「だったら固定電話なんて要らないじゃないですか。桐島さんも解約したらどうですか」

我輩を素敵と褒めたくせに、舌の根の乾かぬうちに捨てろと言う。殺生なことを言いやがる。でも正論だ。

西野もあれ以来ここにかけてこなくなったし、親戚筋もみなスマホにかけてくる。区の福祉課の職員もスマホにかけてくる。透はどこにかけるにもスマホを使う。正直、我輩は現在、置き物である。電話局との契約を解除したら基本料金を払わずに済む。使いもしない電話に料金を払い続けるのは愚の骨頂だ。

透は秘密を話すように、もったいぶった口調で言った。

「黒電話は停電時にも使えるんですよ」

「えっ」

相沢さんは驚いた顔をしている。

透は微笑んだ。

「黒電話は電話線のコードから供給される電力を利用しているので、電話局が機能している限り、通話が可能なんです。災害時、スマホの充電が切れても、黒電話は機能します」

なんと透は我輩を擁護した。

相沢さんは「なるほどねえ、災害時のことまで考えているなんて、さすがだわあ」

などと感心している。

「停電したら、この電話をお貸ししますよ」と透は言った。

「まあ、ありがとう」

相沢さんはほがらかに笑い、我輩をなでた。ふっくらとした手には、なんとも言えない味わいがある。あたたかくて柔らかくて、透にはないものだ。

我輩は災害時のためという大義名分をもらい、今後も定位置に収まることになりそうだ。透の出した結論にほっとしたものの、どこか釈然としない気持ちが残った。


さて、災害時ではないが、この日の夜、我輩は何年かぶりに鳴った。

りりりりりん………りりりりりん………

ひさびさのことで、我輩は大いにはりきった。ほら、鳴ってるぞ！ 取れ！ 透！

透は店を閉めたところで、すぐに八畳間にやってきたが、受話器に手を触れたものの、どうしたものか取ろうとせず、りりりりりんをてのひらで確認するように、じっとしている。

鳴り止んだらどうするんだ、早く取れと我輩はハラハラした。透はおそるおそる受話器を取り、ゆっくりと耳に寄せると息をひそめた。

しばらくの沈黙ののち、むこうがしゃべった。

「あずかりやさんですか？」

中年女らしき声である。相沢さんとは違う、馴染みのない声だ。

「はい、あずかりやでございます」

透は憑《つ》き物が落ちたようにしゃきっとし、背筋を伸ばした。

女は上品な、よく通る声で話す。

「すみませんが、お店の住所を教えていただけますか？　電話番号しかわからないものですから」

透は住所を伝えた。ついでに営業時間も伝えた。

「ありがとうございます。明日伺います。よろしくお願いします」と女は言った。

「お待ちしております」

受話器を置いた頃には、すっかりいつもの透に戻っていた。

受話器を取るのに躊躇したのはなぜだろう？

ひょっとして透は誰かからの電話を待っているのだろうか。

スマホの番号を知らない誰かからの電話を。

電話で住所を尋ねた女は翌日の朝一番にやってきた。

「昨日、電話したものです」と言ったので、すぐにそれとわかった。

透は初めての客に必ず伝えることをしゃべった。

「一日百円で何でもおあずかりします。あずかり期限を決めていただき、料金は前払いとなります。期限を過ぎても取りに見えない場合は、こちらで処分させていただきます。期限より前に見えた場合は、差額をお返しできません。よろしいでしょうか」

女は透の言葉を最後まで聞くと、「あずけたものを受け取りに来たんです」と言うのだ。

透は不審そうな声で、「初めてお会いしますよね？」と言った。

「はい。あずけたのはわたしの夫です。わたしが代理で取りに来ました」

「では、ご主人のお名前をお聞かせください」

「北林洋二郎と申します」

「北林洋二郎さん」と透は復唱した。

「主人の書斎のメモに、あずかりやという言葉と、電話番号が残されていました。何かあずけたのだろうと思い、受け取りに来ました」

「では、ご主人は奥様が取りにいらしたことをご存じないということですか？」

「ええ、まあ、そうです」

透は申し訳なさそうに言った。

「おあずかりしたのはご主人からなので、ご主人の許可なくあずかりものをお渡しすることはできません」

女はしばらく無言であったが、やがてこう尋ねた。

「夫は料金を払いましたか？」

透は答えるのを躊躇した。

「主人は払ってないのではないですか？　わたしがお支払いしますので、あずけたものを返してもらえますか？」

透は言いにくそうに答える。

「たしかに料金はいただいておりません」

「ご迷惑をおかけして申し訳ありませんでした」

女の声はくぐもった。頭を下げたようだ。

「主人はお金を誤魔化すつもりはなくて、支払いに来られなくなったんですの」

透は「事情を話していただけますか？」と言った。

女は押し黙った。

透はたいそう柔らかな口調で、「いったん店を閉めましょうか」と言い、のれんをひっこめてガラス戸を閉めた。我輩のいる八畳間からは、女のたたずまいは窺い知れないが、上流階級らしい口調で、「いろいろと、あいすみません」というつぶやきが聞こえた。

透は奥へ入って湯をわかすと、茶を淹《い》れて店に戻り、女に勧めた。

女は「ああ、おいしいこと」とつぶやきながらゆっくりと茶を飲み、喉が潤ったのだろう、話す気になったようだ。

夫の北林洋二郎は大学病院の小児科医だったという。おだやかな性格で、子どもたちから人気があった。

五十歳を過ぎたある朝、出勤するために家を出たが、職場にたどりつけなかった。「先生が出勤してこない」と病院から電話があり、妻が方々を捜したところ、近所の公園のベンチで途方に暮れている夫を見つけた。声をかけると、妻のことはわかったが、どうしてそこにいるのかを説明できず、不安そうにしていたので、なだめすかして連れ帰った。北林は頭脳明晰でしっかりとした性格なのに、その時は別人のようにうろたえていたそうだ。

居間で休んで落ち着きを取り戻すと、医師という職業であること、勤め先の病院の名前も思い出せた。思い出してしまうと、いつもの北林に戻った。そんなふうに突然頭が真っ白になることが二度あって、大学病院で検査したところ、若年性アルツハイマーと診断された。

告知された時、妻も同席していた。本人はうろたえることなく、「やはりそうですか」と冷静に受け止めていた。さすが医師だと妻は心強かったという。

責任感が強い北林は小児科医を退《しりぞ》く決心をし、すぐに専門医による投薬治療を始めた。しかし現代の医学では、進行を遅らせることはできても、止めることはできない。温厚だった性格が一変し、いらついて物を投げたり、妻を罵ることもあったという。

「病気のせいと説明されてはいるのですが、別人のような主人と対峙していると、うろたえてしまって。ひょっとしたらこれこそが夫の真の姿なのではと思うようになってしまいました。結婚してからずっと、妻であるわたしに不満があり、それが今、病気をきっかけに、吐き出されているのではないかと思いますの」

女は涙声で訴える。

やがて北林は家族の顔も見分けがつかなくなり、日常生活にも介助が必要となり、先月、医療施設に入ったのだという。

「施設に入ってくれてほっとしたら疲れが出て、一ヶ月寝込みました。こんなふうにおいしいお茶をいただくのは久しぶりです」

「もう一服いかがですか？」

「ありがとうございます。遠慮なくいただきますわ」

透は再び丁寧に茶を淹れて、今度は茶菓子も添えて店へ戻った。

女はくつろいだようで、「お茶を淹れるのがお上手ですこと」と言った。

「三日くらい前に、やっと起き上がれるようになったんです。長い間閉め切っていた主人の書斎に風を入れて、掃除しようとしたら、メモを見つけたんです」

「メモ？」

「ええ、開いてあるノートに、覚書のようにメモしてあったのです。主人は字を書くことができなくなっていましたから、メモは病気を発症する前か、初期の頃のものだと思います。あずかりやという五文字と、電話番号がありました。あずかりやという言葉は聞いたことがありませんし、心にひっかかったので、電話をかけてみたのです」

「そうだったんですね」

「主人は症状が進むにつれ、近所のお店の商品を支払いをせずに持ってきてしまったり、そのほかにもあちらこちらでトラブルを起こしました。わたしはそのたびに頭を下げて回りました」

女は何か思い出したのだろう、悲しげにふふふと笑った。内容は言わなかったが、彼女の苦労が伝わってきた。

「こちらにもご迷惑をかけていないか、心配になったのです。やはり料金未払いなんですね。ほんとうにすみませんでした」

また声がくぐもった。頭を下げたのだ。律儀である。

「トラブルはすべて解決しておきたいのです。夫の晩節を汚したくないんです。立派な医師でしたし、夫としても、気遣いのある優しい人でした。今日、お支払いをさせていただきます。そして主人が何をあずけたのかも、確認します。きっとまた嫌な思いをして、ショックを受けると思いますが、妻の責任として、確認いたします。持ち帰って、わたしの手で処分しますわ」

透はおもむろに「事情は承知しました」と言った。

「ご本人に許可を得ることができないので、念のため、奥様のお名前を教えていただけますか？」

「北林八重子と申します」と女は言った。

透は「八重子さんですね」と復唱し、「奥様にお返しします」と言った。

「ありがとう……ございます」

八重子の声はかすかに震えていた。何かとんでもない、目にしたくない嫌なものが出てくるかもと身構えているのだろう。

透は言った。

「ご主人があずけたのは物ではなく、言葉です」

「言葉？」

「こちらがボイスレコーダーを用意する前に話し始めてしまったので、わたしの声で申し訳ありませんが、ご主人の残した言葉をお返しします」

そう言って、透は軽く咳払いをし、語り始めた。

「北林洋二郎五十二歳。生きてきて嬉しかったことベスト3は、八重子に出会えたこと、八重子と結婚できたこと、八重子のハンバーグを食べたこと。悲しかったことはみんな消えてしまうから、ぼくに残るのはそれだけ」

あずかりやの空気がぴーんと張り詰めるのが、隣の部屋にいてもわかった。それから静かな、とても静かな時が流れた。

柱時計のカチコチと時を刻む音が耳につくほど、静かな時間であった。

「うっ」と八重子は声を詰まらせ、そのあと、ああっと、声をあげてむせび泣いた。

今までの苦労を洗い流すように泣き続けた。

我輩は別の意味で「ああっ」と声をあげていた。歓声だ。

透はすごい。何年も前の北林の言葉を覚えていた。詳細が正しいかどうかは、我輩にはわからない。が、たしかに北林はそのようなことをしゃべった。それは事実だ。

八重子は泣き続けている。

ふたりがどうやって出会い、結婚し、暮らしてきたかわからぬが、夫は彼女との出会いに満足し、感謝していた。記憶も自我も失ってゆく中で、彼が残したかったのは、彼女とのまぶしい思い出だけだったのだ。

良い夫婦だったのだ。ほんとうに、良い夫婦だったのだ。

八重子はひとしきり泣いたあと、「スマホに録音したい」と言った。透はリクエストに応えて再び北林が残した言葉をしゃべった。

それから八重子は夫があずけた日を尋ねた。あずかった期間は計算すると一六四〇日にもなる。

「あずかり賃は十六万四千円ですね」と八重子は言い、「現金の持ち合わせがないので、振込みにしてもいいですか」と言った。

「奥様がお支払いしてくださるのですか？」

「もちろんです。支払う金額以上に価値のある言葉です。わたしはこれさえあれば、やっていける。ありがとう、ありがとう、ありがとう」

八重子は何度も感謝の言葉を繰り返し、透の銀行口座番号をメモして帰って行った。

彼女は「やっていける」と言った。

なんと希望に満ちた言葉だろう。

透の記憶力もだが、録音機能があるスマホってすげえな、と我輩は感心した。

同時に、我輩の存在価値にも気づいた。

北林が残したメモには我輩の番号があった。だから、過去の北林と今の奥さんがつながった。それが、「やっていける」を生み出した。

我輩は過去と今をつなぐ生命線なのだ。


りりりりりん…………りりりりりん…………

りりりりん…………りりりりりん…………

三年ぶりに我輩は鳴った。正直、自分の音を忘れてしまい、夜中にやかましいなあと思ったら、自分が鳴っていた。透は夢の中にいた。

りりりりりん…………りりりりりん…………

りりりりりん…………りりりりりん…………

深夜零時。こんな時刻にかけるか？　いったい誰だ？

りりりりりん…………りりりりりん…………

りりりりりん…………りりりりりん…………

透は「うう」とうなり、音に気づいて布団の中から長い腕を伸ばして受話器を取った。

「桐島……です」

寝ぼけているのだろう。ぶっきらぼうな声になった。

相手は返してこない。透は眠そうに「もしもし？」と問いかけた。間違い電話、あるいはいたずら電話の可能性もある。透は相当眠たいようで、受話器を握りしめたままうとうとし始めた。

「寝てた？」

消え入りそうな声であった。

透は途端に意識を取り戻し、受話器を握りしめて「石永か」とつぶやいた。

「うん」と相手は答えた。

石永小百合か！

二十歳の誕生日にかけてきて以来だ。スマホでやりとりしていると勘ぐっていたが、まだ我輩でつながっている仲なのだ。

「元気にしてる？」と石永は言った。

透は上半身を起こして、「ああ」と言った。

元気な声を出そうとしているが、寝起きなのでそうもいかない。

「あずかりやはつぶれてない？」

「おかげさまで」

「それはよかった」と石永は言った。

そして石永は黙った。透の言葉を待っているのだと思う。男なら「君はどうしてる？」と言うべきシチュエーションだ。さすれば「実はね」と、彼女だって切り出しやすい。深夜にかけてくるのだ。何やら切羽詰まった事情があるのだろう。

沈黙が続いた。透はというと、あろうことか、こうべを垂れている。またうとうとし始めた。我輩は残酷にも寝息を伝えることとなった。

かわいそうな石永小百合。

許してくれ。透は今朝、たいへんなあずかりものをして、一日中振り回されっぱなしだったのだ。

あずかりものは、爺さんである。年齢は九十四歳。七十歳くらいの息子が連れてきた。

「デイケアに突然行きたくないと言い出した。わたしは行かなければならないところがあるので、一日あずかってもらえないだろうか」

そう言って息子は百円を透に渡し、爺さんと風呂敷包みひとつを置いて、出て行った。

透は手を引きながら奥の八畳間に爺さんを連れてきた。

爺さんはやせっぽちで、しょんぼりとおとなしく、体を折りたたむようにして正座をした。透は風呂敷の中身を手で確かめた。それは大人用の紙おむつであった。

「お名前を伺ってもよろしいですか?」と透が尋ねると、爺さんは「ふみこさん」とつぶやいた。

ふみこ?

認知能力が欠落しているようであった。座らせると座ったままだし、あばれたりする気配はないが、透は放っておくことができずに、お茶を出したり、昼は早めに店を閉めて、きつねうどんをこしらえ、爺さんと食べた。歯がところどころ抜けてしまっている爺さんは柔らかいうどんをうまそうに、汁も残さずにたいらげた。

爺さんは食い終わるやいなや、人が変わったようにしゃべり出した。

「ふみこさんはきょうこにそっくりでね」

「ふみこさんはたいそうはたらきもの」

「ふみこさんはいればを見つけてくれた」

「ふみこさんはちからもちです」

「ふみこさんはところてんによめにいった」

「ふみこさんはおしろい」

爺さんはしゃべるのをやめなかった。そっと床に手紙を置くように、ゆっくりと丁寧に話した。床に手紙を置くなんてことは普通はしないだろうが、なんだかそんなふうに思えた。ゆっくりとだが間断なくしゃべり続け、床は手紙で埋め尽くされた。透はうなずきながら聞いていた。真剣に聞いていた。妙なおしゃべりに意味があると思っているような真剣さだった。

しゃべり疲れた爺さんは昼寝を始め、透は三時になると通常通り店を開けた。

夕方、あれは五時過ぎだったか、爺さんは突然起き上がり、店を出て行った。透は接客中だったがすぐに気づいて「おじいさん、待ってください」と声を張った。

客は「あらま、どんどん行ってしまうわよ」と心配し、「わたしのほうはちゃんと受け取ったので、もういいから」と言ってくれた。

透は白杖を手に店を出たものの、目が見えない透に爺さんを追いかけるのは難しい。どこをどう捜しているのか、透はなかなか帰ってこなかった。

我輩は気が気ではなかった。透が事故に遭ったらたいへんだ。爺さんのことなどひとかけらも心配しなかった。だって爺さんは透が出て行ったあと五分ほどして戻ってきて、八畳間に横になり、ぐうすか寝始めたのだ。

寝ぼけて徘徊《はいかい》したが、空間認識能力は確かなようで、ちゃんと自分で戻ることができたのだ。

透は六時過ぎに息を切らして戻ってきて、爺さんの寝息に気づき、へなへなとくずおれた。それから爺さんにタオルケットをかけた。

疲れきった透が店に戻ると、女が駆け込んできた。

「こちらに田中道二郎さんがいらっしゃいますか？」

大柄な女らしく、野太い声であった。

透は守秘義務があるのですぐには答えず、まずは「どちらさまですか」と尋ねた。

「わたしは大野芙美子です」と女は言った。

「デイケアで道二郎さんのお世話をさせていただきました。先月結婚して所沢へ引っ越し、職場も異動になったのですが、今日、久しぶりに前の職場に挨拶に行ったら、道二郎さんはお休みしていて、気になったので息子さんに連絡したら、あずかりやさんにあずけたとおっしゃるものですから」

透はほっとして、「こちらにいらっしゃいます」と芙美子を八畳間に通した。

爺さんは夢の中にいた。

芙美子はほっとしたように微笑んだ。

「道二郎さんの奥さんにわたしは似ているんですって。道二郎さんはいつもうれしそうにそう話すのです。息子さんに聞くと、小柄な奥様だったようで、全然似てないらしいんですけどね」

透はうなずいた。

「道二郎さんは芙美子さんのことをたくさん話してくださいました。とても楽しそうに」

芙美子はうれしそうだ。

我輩は道二郎を見直した。「ふみこさんはところてんによめにいった」は、「所沢へ嫁に行った」だし、「ふみこさんはおしろい」は、「おしろいを塗ったように色白」と言いたかったのだろうし、少しの言い間違いはあるものの、話はまっとうである。

「道二郎さんを起こしましょうか」と透は言った。

芙美子は首を横に振り、「会わずに帰ります」と言った。

透は「息子さんはお忙しいのでしょうか」と尋ねた。もうすぐ店じまいの七時になる。このまま迎えに来ないということはないか、不安になるのも無理はない。

「息子さんは今パチンコしています」と芙美子は言った。

「パチンコ?」

「電話した時、音でわかりました」

「パチンコ……ですか」

「でも大丈夫。時間通り迎えに来ますよ。彼は定年退職してからずっと父親の面倒をみてきたのです。パチンコくらいして、息を抜かないと、続きませんよ」

そう言って、所沢へ帰って行った。

芙美子の言う通り、息子は七時ぴったりに道二郎を迎えに来た。手には大きな紙袋をふたつも抱えており、「お礼です」と言って、ひと袋を透にくれた。カップラーメンやビスケットが入っていた。パチンコの景品のようだ。

道二郎は息子に手を引かれて帰って行った。


つまり、透はそんなこんなで、本日は疲れているのだ。久しぶりの石永からの電話にうとうとするのも無理はない。

「わたしね、なんだか疲れちゃって」と石永はひとりごとのようにつぶやいた。

「だから、結婚することにした」

透は飛び起きて、「結婚?」と問い返した。

「そう、結婚するの」

透は「それは……」のあと、言葉が続かない。「おめでとう」を言うべきだろう? 結婚する女にはなむけの言葉を贈るべきだ。無骨な我輩ですらそう思う。

透は「疲れたって?」と尋ねた。

そこ? そこを掘り下げる?

石永は今までにない明るい声で言った。

「お誕生日おめでとう！」

かちり、と通話は途切れた。

そうだ、本日は透の誕生日だ。三十歳になった。日付が変わった瞬間に石永は電話をかけてきたのだ。

透は途方に暮れた顔をして、受話器を握りしめている。

おめでとうを言えずに、逆に言われてしまった。

石永の結婚報告がバースデーサプライズとなった。


彼女の電話を最後に、我輩は鳴らなくなった。

一年経っても、二年経っても、鳴ることはない。

それでも透は我輩を毎朝磨く。それはもう、欠かさずやる。だから我輩も冬眠するわけにはいかない。

きっと透は待っている。あの人を待っている。

我輩も待とう。いくらでも待とう。

気の遠くなる年月だが、きっと必要な時間なのだ。

まぼろしチャーハン

女手ひとつでわたしを育ててくれた母は、とても働き者でした。

ある日、母は高熱を出して仕事を休みました。起き上がれなくて、わたしを保育園に連れて行くことができませんでした。保育園は遠いところにあったから、わたしひとりで行くのは無理です。

母はわたしに「佐藤さんのところにいさせてもらいなさい」と言いました。そして二百円をくれて、「パン屋さんで、好きなパンをひとつ買って、お昼に食べなさい」と言いました。

佐藤さんって誰だっけと思ったけれど、母があまりにも辛そうなので、わかったふりをして家を出ました。

商店街にあるパン屋さんに行って、ジャムパンを買いました。それから、佐藤さんって誰だっけと考えながら歩きました。すると、「さとう」と書いてあるのれんを見つけました。ひらがなは読めたので、ここだと思いました。記憶にない家ですが、母は「佐藤さんのところ」と言ったので、ここでいいような気がしました。

入ると男の人がいて、「いらっしゃいませ」と言いました。

そんなことを言われるのは初めてで、心細くなりました。違う世界へ迷い込んだ気がしたのです。

「ここはどこですか」と尋ねると、「あずかりやです」とその人は言いました。

「一日百円で何でもおあずかりします」と言うのです。

なにやらお金が必要みたいです。

わたしのポケットにはちょうど百円玉が残っていました。だから百円玉を渡しました。

そのあと、あずかりやさんとどういう会話をしたのか覚えていません。とにかくわたしはその日あずかりやさんにいて、絵を描いたり、店の前で縄跳びをしたりして過ごしたのです。縄跳びはあずかりやさんが貸してくれました。

お昼になると、あずかりやさんは店を閉めて、チャーハンを作ってくれました。

「ジャムパンがある」と言うと、「それはおやつにしたらどうですか」と言われました。

ふたりでチャーハンを食べました。食べたことのない味でした。びっくりするほどおいしくて、わたしは生まれて初めておかわりをしました。

午後はオルゴールを聴かせてもらいました。そのあと折り紙を折って遊びました。三時になりましたが、チャーハンをいっぱい食べたのでお腹はすきません。ジャムパンをあずかりやさんにあげたら、「ありがとう」と言われました。

夕方、家に帰ると母はまだ寝ていました。

熱はだいぶ引いたようでした。ジャムパンのお礼にもらった夏蜜柑《みかん》を渡すと、母はびっくりして、佐藤さんがくれたのかと聞きました。わたしは「あずかりやさんのところにいた」と話しました。

母にとっての「佐藤さん」はアパートの管理人のおばさんで、保育園がお休みの日に母が働きに出なくてはならないような時、わたしを管理室にいさせてくれる人でした。わたしにとっては「管理人さん」で、佐藤という苗字と結びつかなかったのです。

あずかりやさんが一緒に遊んでくれたこと、チャーハンがものすごくおいしかったこと、「夏蜜柑をおかあさんに食べさせてあげて」と言われたことを話しました。

母はなぜかしら少し泣きました。夏蜜柑をふたりで食べました。

母は翌日には元気になり、わたしを保育園にあずけて働きに行きました。その日、いつもより遅い時間に迎えに来た母は帰り道に言いました。

「あずかりやさんのチャーハン、本当においしいね。昨日のお礼を言いに寄ったら、作ってみせてくれたの。材料は卵とおかかだけ。作り方を教えてもらったわ」

そして同じやり方で作ってくれました。

不思議です。あずかりやさんで食べたあのおいしさにはおいつきません。材料も作り方も同じなのに、どうしてかしらと母は首をひねっていました。

わたしは母の仕事の都合で、住む場所を転々としながら育ちました。母は時折あずかりやさんのレシピでチャーハンを作ってくれましたが、あの味を出せたことはありません。わたしも何度か作ってみましたが、あれほどのおいしさは出せません。わたしと母はあのレシピを「まぼろしチャーハン」と呼ぶようになりました。

わたしは考えました。

あの日、わたしは母が倒れて、心細かった。

あの頃、母はひとりで子育てをしていて、心細かった。

そんな時に知らない人があたたかい食べ物をこしらえてくれた。その喜びこそが、あの味だったのかもしれない。不安の中にさす一条の光。それが隠し味なのではないか。

そのことに気づいて、このたび「にこにこ食堂」を始めました。

声をあげたら賛同してくれる人がたくさんいて、開店が叶いました。子どもは百円、おとなは五百円で、日替わりの家庭料理が味わえます。レギュラーメニューには「まぼろしチャーハン」があります。心境しだいで味は変わります。困っていたら、お金がなくても食べられます。ゆとりがあるかたは、少し多めに払っていただけたら幸いです。

心細い人、そうでない人も、心置きなくいらしてください。

一緒に働いてくれる人、いつでも募集中です。

高倉健の夢

「明日、警察《サツ》が来る」と高倉健は重々しくつぶやいた。

その横で緒形拳が眉間に皺《しわ》を寄せる。

「今夜のうちにどうにかせんとな」

「埋めるしかなかろうよ」

石原裕次郎は大きな目をぎょろつかせ、それが結論だと決めつけた。

三人は小生を囲み、しかつめらしい顔で会議をしている。

議題は「小生をどうするか」である。話は一向に進展せず、さっきから「警察が来る」「どうにかせんと」「埋めるしかない」を繰り返している。

ここは都内の河川敷である。

鈴虫がやかましく鳴き叫び、頭上には星がまたたいている。

高倉は錆びた一斗缶に座っている。緒形はかぼちゃ大の石に尻を下ろし、石原は草むらに直接あぐらをかいている。星空会議は進行係がおらず、三人が黙すると、鈴虫が意味不明のヤジを飛ばし続ける。

三人はおしなべておっさんである。当世の基準で言えば、前期高齢者である。親戚ではなく、仕事仲間でもなく、ご近所さんだ。

彼らはこの河川敷で長いこと暮らしてきた。

昔々、このあたりは近隣住民が多く、にぎやかであったらしい。みなそれぞれに猫の額ほどのなわばりを持ち、ブルーシートや段ボールなどを用いて自分の城を構えたそうだ。不器用な人間がいれば手伝い、争いごとがあれば、今は亡き長谷川一夫が間に入り、治めたという。

小生がここへたどりつく前のことで、これらは三人の会話から知った。

近くにはこぢんまりとした映画館があった。リバーサイドシネマという名で、古い映画ばかりをかける劇場であった。そのせいだろう、河川敷には自然と映画好きが集まってきた。新参者は自己紹介代わりに贔屓《ひいき》の映画俳優の名前を言わされ、翌日からその名前で呼ばれるのがならいであった。

ここに来たばかりの高倉健が「好きな俳優は高倉健」と言った時、すでにこの地には高倉健がいた。先住民の権利が上というルールはここにはなく、じゃんけんにて新参者が名前をゲット。元高倉健は菅原文太に名を変えたという。

その映画館も今はなく、跡地にマンションが建ってしまった。

河川敷に暮らす人々は、本名を捨て、自分で選んだ名前に誇りを持ち、腐らず、人に当たらず、日々を生きていたのであった。

今から十年前に都の自立支援施策により、河川敷の城は次々と撤去された。機動隊による強制撤去の様はまるで侵略戦争のようであったと高倉は語る。住民たちは役人の誘導でバスに乗せられ、五キロ離れた福祉施設に収容された。最長老の長谷川一夫は施設に着いた翌日に息を引き取り、身元不明のまま無縁仏となったらしい。

南無阿弥陀仏。

誰もが、なりたくてホームレスになったわけではない。施設入りを機に、ありがたく生活保護を受けるものもいたし、職を紹介してもらって自立するものもあった。保護を受けるにも、職に就くにも、本名が必要とされる。河川敷で呼び合った名前とオサラバし、原点に戻ってやり直すことになる。それは人としてまっとうな流れである。

しかし制度にはこぼれものがつきもので、河川敷へ戻ってきてしまうものもいた。ここにいる三人は、そのこぼれものたちである。

施設を抜け出して十年、三人は助け合って生きてきた。高倉は廃材をうまく利用して小屋をこしらえ、住環境は三人の中では上等だ。緒形はオーソドックスなブルーシート派で、雨漏りしないことに自負がある。石原は天衣無縫な刹那主義で、段ボールにくるまって寝るのが常であり、雨が降れば緒形の城に、風が吹けば高倉の城に転がり込んで凌《しの》いでいる。

再び機動隊に城を奪われ、施設送りにならぬよう、三人は情報を共有し合っている。

あちらこちらのゴミ捨て場を回ってアルミ缶や銅製品、雑誌などを収集し、回収業者へ持ち込んで売りさばき、日銭を稼ぐ。ゴミ捨て場のなわばりは三人三様である。

高倉は三人の中で最も高収入だ。映画館跡地にできたマンションの管理人と懇意になり、ゴミ置場の鍵を開けてもらい、不燃ゴミの中から売れそうなものを選ばせてもらっている。高倉が選んでいる間、管理人は側《そば》に立ち、監視している。放火でもしやしないかと高倉を監視するのではなく、住人に見つからないようにと監視してくれているのである。

管理人は背中を見せながら「明日はわが身と思うと、あんたらにはがんばって生き残ってほしい」とつぶやいたりする。

当のマンションの住人は金回りが良いらしく、まだ使えるものがたくさん捨てられる。管理人はそれが気に入らないらしい。

「人は絶え間なくものを買い、絶え間なく捨てる。無駄遣いが経済を回し、この国を支えていると思うと、空恐ろしい思いがするよ」

高倉は何を言われても「へえへえ、その通り」とひたすら相槌を打つ。

「詩でも口ずさんでいるのだろう」と思い、聞き流しているのだ。小生の見立てでは、高倉は生一本だ。他人と自分を比べたりしないし、ただもう、その日その日を飢えずに過ごせれば丸、と思っている。二重丸も花丸も求めていないし、社会のシステムを思い煩ったりしない。

管理人に「屋上で一服しないか」と誘われたことがある。「住人が入れないようになっていて、鍵はわたしが持っているんだ」と得意顔であった。管理人はそこでちょくちょく煙草《たばこ》を吸っているという。高倉は青ざめた顔で「とんでもありません」と断った。煙草が苦手なのかもしれない。

その管理人が先だって教えてくれた。「川に堤防を作る計画がある。ゆえに河川敷を不法占拠しているものを警察がしょっぴく算段である」と。警察が視察に来る日付まで教えてくれた。この時ばかりは詩ではなく警告だと高倉の脳に正しく響いた。そしてこの星空会議となったのである。

「石原の言う通り、埋めるしきゃないだろ？　高倉」と緒形は言う。

小生を埋める話はまだ決着を見ない。

「埋めるにしたって、掘り返されたらしまいだからな」

高倉は慎重だ。

「深く掘ろう。深く深く掘ろう。深く掘れば見つからない」とおおらかな石原は言う。

ちなみに小生は死体ではない。

トランク式の鞄である。横幅は六十センチ、高さは四十センチあり、奥行きは二十センチ。スーツケースと呼ぶには小さく、キャスターは付いていない。表を覆う飴色の革は乾ききって擦り切れ、留め具の真鍮《しんちゅう》はサビで緑色に変色している。

高倉と出会ったのは十年前のことである。

奴は施設から抜け出し、歩き通してここへ戻ってきたらしく、へとへとで、ふらふらで、手ぶらであった。更地になった河川敷を見てへたり込み、死んだような目をしていたが、川岸の背の高い葦《あし》の茂みに小生を見つけると、目に光が宿った。砂漠で水たまりを見つけたかのごとく走ってくると、小生を茂みからひっぱり出し、期待いっぱいの顔で中を開けた。

小生はすっからかんの、がらんどうであった。内側の黄ばんだキャンバス地は、たるむことなくぴしりと張られており、表の革だって手入れが行き届いてつるぴかで、見る人が見ればため息が出る作りであるのに、高倉は別の意味でため息をついた。

「空っぽだ、この野郎は空っぽだ」

高倉の目は光を失いかけたが、何を思ったかズボンのポケットから五百六十円を出すと、小生の中に入れた。そして蓋を閉じ、金具を留めた。それが彼の全財産であることは言うまでもない。かくして小生は高倉の河川敷生活第二ステージで所持品第一号となったわけだ。

高倉はさっそく廃材を集めて城を建てた。そしてゴミ置場を渡り歩いて生活用品を集めた。とにかくこつこつと歩き回り、生活を整えていった。高倉を見ていると、なかなかの働き者である。日の出とともに起き、せっせと動き回る。腹を引っ込めるためにジムに通う都会人と違い、体を生産的な作業にのみ使う。酒は飲まず、遊びも皆無。このように勤勉な男がなにゆえホームレスになってしまったのか、小生にはわかりかねる。

はじめのうち高倉は小生を常に持ち歩いていた。中には金とか、拾って磨いた刃物類を収納していた。ゴミ収集にはナイフやハサミが欠かせない道具なのだ。

小生はかなり古い鞄ではあるが、持っていると怪しまれないという利点がある。そう、鞄は社会性の証《あかし》なのである。マンションの管理人と懇意になれたのも、小生のおかげと言っていいだろう。

一ヶ月もすると、緒形が戻ってきた。高倉同様、へとへとでふらふらで手ぶらであった。高倉の城を見て目を輝かせると、勝手に中に入り込み、ゴミ収集から戻った高倉をワッと言って驚かせるというおちゃめをやった。

しばらくして石原が加わり、三人は再会を喜び合った。

出もどり組はみな二度と施設には戻りたくないと考えており、それにはまず、目立たぬことが肝心と考えた。

身綺麗にして、臭わぬこと。そうすれば人々に疎まれず、河川敷暮らしを続けられると考えた。そこで、週に一度は川で体を洗うというルールを決めたが、これがなかなか難しい。昼間裸になったら通報されるし、深夜になっても今どきの若者はなぜだか眠らず、カップルが河川敷をうろついている。人目を盗んで川に入るにしても、冬は凍死しかねない。髪を洗ってもドライヤーがないので、乾くまでにつららができそうだ。

金を出し合って銭湯へ通う算段もしたが、一日中アルミ缶を拾って歩いて得た金が一回の風呂代で消えてしまうのが実情であった。

一年ほど経って、高倉は考えた。

「いっそ風呂付きのアパートを一室借りて、交替に使えるようにしたらどうだろう」

お調子者の緒形はすぐに賛成。石原は「できるのかあ?」と疑問を呈した。が、風呂に入りたい気持ちが一番強いのは石原のはずである。なにせ汗っかきなのだ。

三人は施設が嫌で抜け出したものの、結局は住居が必要と考えるようになったのである。人間ってなんて面倒臭い生き物なのだろう。

河川敷に壁や屋根は作れるが、風呂を作るとなると目立ちすぎ、かといって施設に戻る選択肢は三人にはなかった。三人とも本名に戻りたくないのである。生活保護を受けたり、就労の手続きをすることにより、血縁者に自分たちがこういう暮らしをしていることを知られるのが嫌なのだろう。

なにしろ三人は、高倉健、緒形拳、石原裕次郎として人生を終わりたいと考えていた。この三つの名は河川敷でトップ3の人気を誇っており、新参者が来るたびにじゃんけんで勝ち抜いてきたらしい。長谷川一夫も人気が高い名前だった。「長老は本名に戻るのをこばんで心臓を止めたのだろう」と高倉は固く信じている。

あこがれの映画俳優の名を鎧《よろい》に生きる。底辺にいる人間が最後に見る夢なのかもしれない。さらなる夢は、風呂付きアパートだ。

「アパートを借りるのだって、本名が必要になるぜ」と忠告してやりたいが、小生の声は三人には届かない。しょせん夢なのだ。好きなだけ見るがよかろう。

三人はインターネットとは縁のない暮らしをしているため、住宅情報は町の小さな不動産屋の窓ガラスに貼られた情報で仕入れた。トイレと風呂付きは最低条件で、築年数はとことん古くて良い。調べてみると、家賃は三万というのが底値であった。飲み物の自販機の下に落ちている十円玉を拾い集めるのを習慣としている三人にとっては、目玉が飛び出るような金額である。さらに管理費がかかるし、契約時に敷金礼金も必要となると、まず十万はないと入居すら難しいし、翌月も翌々月も家賃を支払うわけで、光熱費もかかる。それは三人にとって気の遠くなる数字であった。

「金を貯めよう」と高倉は言った。ひとりでは無理なことも、三人ならできるという伝え話があると言うのだ。

「一本の矢は簡単に折れるが、三本の矢はなかなか折れない。三人の息子たちに、力を合わせる重要さを説いたお侍がいた」

緒形は「なるほど」と素直に感心したが、石原は「なぜ矢を折る。焚き火にくべるのか？」と茶々を入れた。

三人の中では高倉が最も生真面目で、普段は口数が少ない。が、建設的な意見でことを起こすのは決まって高倉なのである。石原は必ずと言っていいほど高倉の話の腰を折る。仲が悪いわけではなく、そういう性分なのだ。それを緒形が間に入って空気を和らげ、なんとはなしに、みなが高倉の発案に乗っかってゆく、というのがいつものパターンである。

ともあれ、多数決で金を貯めることになった。目標額は三十万。

三人は食費を切り詰め、ゴミ収集や小銭拾いで得た金をひたすら小生の中に貯め込んだのである。つまり小生は三人共有の金庫なのだ。彼らは小生を持ち歩くことはせず、高倉の木造の城に置き、万が一にも盗まれないよう、交替で見張った。夜は高倉が抱えて寝た。たくさん稼いだ奴が偉い、という概念はないらしく、みな、その日の上がりを無造作に小生に入れた。高倉の収入が一番多いと知っているのは小生だけである。

一ヶ月に一度、高倉の城に集まり、金を数えるのが三人の楽しみになった。

先月数えた分を袋に分けておけばよいものを、一円玉から五百円玉までバラバラに入れたままで、毎月一から数え直すのだ。どこまで馬鹿なのだと呆れたが、あえてそうしているのだとあとから気づいた。奴らは、小生に金を入れておけば、いつの間にか倍に膨らんでいるかもしれぬという子どもっぽい幻想を抱いているらしい。

数えたあと三人は決まって「たいして増えねえな」「魔法の鞄じゃねえな」とため息まじりに愚痴る。そもそも収入は山あり谷ありで、ここから持ち出さねばならぬこともたびたびあり、九年経っても三十万円にはほど遠いのであった。

そんなところに、警察の情報が入ったのである。保護されぬよう、河川敷からいったん離れるにしても、小銭の詰まった小生をどうするかという話になった。持ち歩いて職務質問されたら「没収される」というのが三人の見解であった。そして三人は職務質問される自信があった。ここ数年は金を貯めるのに夢中になるあまり、体を清めることが後回しになっており、発する臭いたるや、鼻がまがるほどになっていた。

臭えば臭うほど風呂付きアパートの夢が膨らむという効果はあった。

小生を隠すということで話は一致したが、駅のコインロッカーを調べたら、この大きさだと五百円もかかると知り、三人は「埋める」という選択について真剣に話し合っているのである。が、土の中をやすやすと信用できないという見解に至る。

「あずかりやにあずけたらどうだろう」

突然そう言い出したのは緒形である。意見を述べるなんて、珍しいことだ。

「あずかりやって、なんだ?」

高倉と石原は問うた。

「施設にいた時、浅丘ルリ子に聞いたのだが」

「あの女の言うことなんか、あてになるか」

石原は毒づいた。高倉と緒形は目を合わせて意味ありげに微笑んだ。河川敷の世界でも色恋沙汰があるのだろう。

「最後まで話を聞こう」と高倉は言った。

緒形はうなずき、話を再開した。

「ルリ子はここで暮らしていた時、ピー子と暮らしていただろう?」

「黄色いインコだな」と高倉は言った。

「ああ、施設ではインコを飼えないと知って、ルリ子はショックを受けていた。外に放てばカラスに殺されるとルリ子は泣いていた。俺は施設のロビーで一晩じゅうルリ子を励ました。生活を立て直せば、また飼えるさと」

「ケースワーカーか、お前」と石原は毒づいた。

「翌日、ルリ子はあずかりやにあずけてきたと言っていた」

「それはペットショップか？」と高倉は尋ねた。

「いや、違う。どんなものでも百円であずかってくれるそうだぞ」

「百円？　コインロッカーより安いじゃないか」

「たぶん慈善事業ではないかと思う」と緒形はしたり顔だ。

「慈善はあやしいぞ。その店、警察とグルじゃないか？　あずかると言いながら、没収するんじゃないか」

石原は最後まで納得いかないようだったが、多数決により、とにかく今晩中にその店まで行ってみることにした。夜のほうが人目につかないし、まずは店のたたずまいを見て、そこで判断することにした。

緒形が浅丘ルリ子から聞いた「明日町こんぺいとう商店街にある」という情報だけを頼りに、三人はあずかりやを目指した。小生は重たいので三人は交代で持った。アルミ缶収集に使うリヤカーは街なかでは目立ちすぎるので使えない。三人は「重い、重い」とぼやきながらも、九年の重みを味わっているようで、どこか満足げであった。

商店街の店はそのほとんどがシャッターを下ろしてあり、あずかりやという看板はどこにもなかった。店には閉店時間があるということを三人は失念していた。社会性を失うとは、かくなることなのである。

疲れ果てた三人は小生を地べたに置き、腰を下ろした。汗だくであった。シャッターは寒々しい気持ちになるので、引き戸の前を選んだ。木枠にガラスがはめ込まれた昔ながらの引き戸である。古い建物で、店舗のようだが、ぴしりと閉まっており、何の商売をしているのか不明。商店街の道は石畳になっており、ゴミひとつ落ちていない。まっとうな人間たちの営みを見せつけられ、三人は気後れしたようである。言葉が途切れた。

星がまたたいている。

「朝までこうしていれば、どこか店が開くだろう。したらあずかりやはどこかを聞けばよいのだ」

緒形はみなを励ますように言った。あずかりやにあずけると言い出した責任を感じているのだ。

「その前に通報されるかもしれん。俺たちはあまりにも汚れている」

高倉は心配顔だ。

「そもそも、あずかりやってしろもの、ねえんじゃねえか。ルリ子の言うことなんざ信じるから馬鹿をみた」

石原は文句を言った。多数決に不服があるので、帰りたいようであった。だが、疲れ過ぎてひとり帰る気力もなさそうだ。

緒形は「すまない」と肩を落とした。言い出しっぺの悲哀が漂っている。

「いいさ。なるようになる」

高倉は緒形を励ますように言い、腕を伸ばして大の字に寝た。不安がK点を振り切って、開き直ったようである。

鈴虫の声はしない。河川敷よりよほど静かだと三人は感じていることだろう。石畳は冷たい。三人とも年寄りだ。汗冷えにより風邪でも引くのではないか。心配だ。

「俺は大工だった」

突然、高倉はつぶやいた。

「十六の時に田舎の小さな工務店で見習いとして雇ってもらったんだ。親方にかわいがられて、いつかはここを継いでくれよ、なーんて言われて、張り切って修業した。仕事が好きでしかたなかった。一人前になると親方の娘と結婚させてもらって、子どももできた」

緒形と石原は顔を見合わせた。

過去の話なんて、どういう顔をして聞いたらよいのかわからない。高倉はふたりの困惑を知ってか知らずか、まるで締めた蛇口から水滴がこぼれるように、ぽつりぽつりと、間断なく話した。

「三十年も前のことだ。東京で背の高いビルがじゃんじゃか作られる時代が来て、田舎の大工も助っ人に呼ばれるようになった。結構いい金になるんで、行ってこいと親方に言われて、出稼ぎにこっちへやってきた。田舎じゃ考えられないような、巨大な足場で働く。俺、初めて五十階建てのビルの足場に立った時、『ジャックと豆の木』の話を思い出した。田舎にいた時に奥さんが毎晩子どもに絵本を読んでやるんだ。俺、隣にいて、子どもよりも熱心に聞いていた。絵本なんて俺の育ったうちにはなかったもんで、初めて聞く話ばかりだ。足場で思い出したのは、豆の木がどんどん伸びて、雲より高くなる話だ。ジャックは木登りが得意で、上へ上へと登って行く。雲より上の城には金銀の財宝があるんだ。ジャックはそこから金の卵を産む鶏を盗んで降りてくる。それで地上の家族は潤うんだ。俺はまさしくジャックだと東京のビルの足場の上で思ったよ。稼いだ金をしこたま奥さんに送って、天下をとったような気分だった」

高倉が口を閉じると、静寂があたりを覆う。こんなに長く話すのは何年ぶりかで、息が上がったようである。高倉が呼吸を整える間、緒形と石原はおとなしく続きを待った。

「ある日、仲間がさ、消えちまったんだよ。目の前からふっと。安全ベルトは腰に巻いていたんだ。それはもう、毎朝、巻くことが決まりになっていた。けど、それをフックで命綱につながなくては意味がない。実際のところ、作業で移動するたびにいちいちつなぎ替えるのが面倒で、俺らはもう、つながないで作業しちまうこともたびたびだった。雲の上の作業がすっかり日常になっていて、怖さなんて微塵も感じなかった。で、ある日、同じ寮で寝起きしていた男が、バランスを崩して落ちたんだ。俺としゃべっている最中だった。昼飯はどこで食う？　奴はそう言ったあと、俺の目の前から消えたんだ。悲鳴もなんも聞こえない。落ちた衝撃とかも聞こえないよ。俺がいた場所は雲の上で、奴がつぶれた場所はあまりにも遠かったもんでね。事故はニュースにはならなかった。商業施設が入る予定の高層ビルで、人が死んだなんて事故物件になりかねないから、大きくは扱われず、翌日も作業は続いた」

高倉は目をつぶった。

「それからはもう、高いところに上がれなくなっちまって、田舎に戻ったんだけど、民家の二階の屋根もダメでさ。こう、なんていうか、ぞわぞわしちまって。働けないし眠れないから酒ばっか飲んで、奥さんに毒づかれて、一発殴っちゃった。運よく怪我はしなかったけど、その日から奥さん、怯えた目で俺を見るようになって、なにしろ、俺が俺を怖くなっちまった。子どもを殴ったらどうしよう。奥さんと子どもを殺しちゃったらどうしよう。ひとは簡単に死ぬんだって、わかっちゃったからな。だから家を出た。家族を守るためだ。行く当てがなくて、結局は東京に来ちまった」

小生は思い出した。

マンションの管理人から「屋上で煙草を」と誘われた時の高倉の青ざめた顔を。ひきつった顔で断っていた。高いところが怖かったのだ。

緒形と石原は相槌を打たず、ただ黙って聞いており、自分たちの過去を話すこともしなかった。そのうちどこからともなく白い猫が現れ、小生の匂いを嗅ぎ、顔をこすりつけた。挙げ句、にゃーおにゃーおと鳴き始めた。小生に張られた革に反応したのだろう。深夜の商店街に響き渡る声。三人はあせって顔を見合わせた。

案の定、ガラスの引き戸がガタガタと音を立てた。

「社長」と戸の隙間から若い男の声がする。

「近所迷惑だから、中へお入り」

白い猫はにゃおにゃお鳴くのをやめなかった。猫を社長と呼ぶ男のことが、小生は気になった。戸はさらに開いた。高倉と緒形と石原はとっさに立ち上がった。戸の間からは背の高い男が見えた。家の中は暗く、街灯のある外のほうが明るいくらいであった。

「どなたかいらっしゃるのですか？」

若い男は言った。いらっしゃるもなにも、目の前に三人はいるのに、若い男は闇に呼びかけるように、「どちらさまでしょう？」などと言っている。

「怪しいものではないんだ」と高倉は言った。通報されては困るからな。

「ものをあずけに来たんだ」と緒形が口を出す。

再び高倉が言う。

「このあたりは閉まっていて、朝まで待とうってことになって。あずかりやってのがあるって聞いたんだが、俺たち地図とか持ってないんで」

石原は小生の持ち手を握りしめた。危険を感じたら逃げ出すつもりなのだろう。

「あずかりやはうちです」と若い男は言った。

「今、開けますので、お待ちください」

やけにすべりの悪い引き戸で、開けるのに時間がかかった。

三人は手を貸さなかった。押し込み強盗と思われては困るからだ。李下に冠を整《ただ》さず、というやつだ。漢詩など彼らは知るまい。世間の目を常に気にして生きている彼らは、実体験から漢詩の教えにたどりついたのだ。

部屋に明かりが灯され、「どうぞ」と声をかけられ、三人は小生を抱えて店に入った。そして三和土に突っ立ったまま、しばらくのあいだ室内を眺め回していた。ガラスケースがあり、その奥には小上がりがある。猫はいつの間にか入り込んで、文机の上であくびをしている。若い男は浴衣を着ている。寝ていたところを猫の声に起こされてガラス戸を開けたのだろう。

振り子時計があり、一時を回っている。営業時間外であるのは明白である。

「お話は小上がりでお聞きしますので」

若い男は店主のようで、さあどうぞと言うのだが、あまりに清潔な畳に気後れして、三人は上がるのを躊躇した。

「立ったまま、ここでいいかな」と高倉は言った。

「お急ぎでしたら、そのままでも」

店主はひとり小上がりで正座をした。涼しげなたたずまい。なんとも言えぬ雰囲気を漂わせた青年である。

「あんた、目が見えないのか」と石原が言った。

高倉は石原を肘で突《つつ》いた。それはもう、みな気づいていたが、そうずけずけと言ってよいものではないだろう。

「はい、見えません」と店主は言った。不快指数ゼロといった表情である。

三人は顔を見合わせ、もぞもぞし始めた。

今まで彼らはなるべく人と目を合わせないように生きてきた。嫌悪の視線をまともに受けぬよう、距離を置いて生きてきた。しかしここでは店主をじろじろ見ても、店主からは見られない。あまりに勝手が違って、拍子抜けなのだろう。楽であることには間違いない。しかし、楽であることに三人は慣れていないのだ。ましてやこのように「さあどうぞこちらへ」と迎え入れてもらえることは皆無なので、逆に「この店は大丈夫か」と不安な気持ちにもなるのだろう。

高倉は小生の埃を払い、遠慮がちに畳の端に置いた。

「百円でなんでもあずかってくれるというのは、本当か?」

店主はうなずく。

「一日百円でなんでもおあずかりします。ふつかで二百円、みっかで三百円になります。何日でもおあずかりします。期日にお取りに見えなかったら、こちらで引き取らせていただくことになります」

すると緒形は言った。

「浅丘ルリ子のピー子はどうなった？」

おいおい緒形、それは十年も前のことだろう？　そんな昔の話、いちいち覚えているわけないではないか。

店主はしばらく沈黙していたが、やがて静かにこう答えた。

「守秘義務がありますので、ほかのお客様の情報は申し上げられません」

「焼き鳥にして食っちまったんじゃないか？」と石原は畳み掛けるように言う。

店主はくっくっと笑った。ツボにはまったのか、笑い続けている。三人は顔を見合わせ首を傾げた。「焼き鳥にして食う」のどこがおかしいのかさっぱりわからないのだ。河川敷では野鳥をつかまえて食べるなんざ、そう珍しいことではない。まあでも、文化人の間では今の発言はジョークで、笑うのが礼儀である。

やがて店主は礼儀を終え、「失礼しました」と言った。

「みなさんは、浅丘さんのご友人ですか？」

「そうだ、友だちだ。友だちなのはインコのほうだが」と緒形は石原を気遣ってかそう言った。

店主はこっくりとうなずいた。

「この商店街を抜けた先に小学校があります。校庭の南端にある鳥小屋をご覧いただけば、会えると思います」

「会えるって、まだ生きているのか？」と緒形は素っ頓狂な声を出した。

「はい。生きています。小学生が時々この店に来て、黄色いセキセイインコの話をしてくれます。おしゃべりが得意なインコで、オハヨウとかバイバイとか、挨拶するのだそうです。人気者ですよ。自分でピー子と発音するので、小学校でもピー子と呼ばれています。セキセイインコの平均寿命は五年から八年と言われていますが、個体差がありますし、ギネスブックには二十九歳まで生きたという記録があるそうです」

緒形はぽかんとした顔で聞いていたが、やがて「信用できる店だ」とでも言うように、高倉を見てうなずいた。高倉はそうだなとうなずくと、満を持した顔つきで言った。

「この鞄を一日あずかってほしい」

そしてポケットから百円を出すと、首に巻いた煮しめたような色の手ぬぐいで拭き、小生の横にそっと置いた。

店主は近づいてきて、小生をてのひらでなでた。大きさや重さを調べるように、なでまわす。

「トランクですね」

「そうだ」と高倉は言う。

「おんぼろ鞄だが、中身が貴重だ。俺たちの全財産が入っている。だから心してあずかってほしい」

店主は静かに耳を傾けている。

「九年かけて貯めた金だ。まだ全然足らないが、いずれこの資金で風呂付きアパートを借りる予定だ」

聞かれてもいないのに高倉はしゃべった。そしてなぜだか涙ぐんでいる。

「風呂付きが条件だ。人間、風呂に入らないといかん。あんた、目は見えないが、鼻は利くだろう？　臭うだろう？　すまない。だが安心しろ。俺たちはすぐにここを出て行く。いいか、この鞄には俺たちの夢が詰まっている。これを置いて行くのは正直辛い。俺は毎晩こいつを抱えて眠っているんだ。明日の夜、俺たちが取りに来るまで、どうか、どうか……これを……」

高倉は感極まって嗚咽《おえつ》した。なぜ泣いてしまったのか、自分でもわからないだろう。

小生には少しわかる。この店には「赦《ゆる》し」の空気があるのだ。誰をも拒絶せず受け入れる底なしの「赦し」だ。蔑《さげす》みや嘲《あざけ》りなどの濁りはいっさいない。三人はまだ鎧を脱いでいないものの、肩の力を抜くくらいの安堵を感じているだろう。

店主は神妙な口調で「わかりました。大切におあずかりします」と言った。それから「お名前を伺う決まりになっておりますが」と言う。

三人は目を見合わせた。少しの逡巡ののち、高倉はぼそりと言った。

「高倉健」

店主は表情ひとつ変えず、「高倉健さまですね」と復唱した。すると緒形と石原が追いかけるように名乗った。

「緒形拳！」

「石原裕次郎！」

ふたりはそのあと不安そうに店主を見た。保険証を出せだの、戸籍名はなんだの、いつものように問い詰められないかと、びくびくしているのだ。それは高倉も同じである。

店主は言った。

「高倉健さま、緒形拳さま、石原裕次郎さま、たしかに承りました。明日の夜、深夜でもかまいませんので、お越しください」

三人は名前がすんなりと受け止められたことに、とまどいと安堵が入り混じった顔をした。

「それから」と店主は遠慮がちに続けた。

「今夜は冷えますね。さきほど外でお待ちの間、お寒かったでしょう。もしまだお時間があるようでしたら、今夜はうちの風呂で温まっていかれませんか？　手狭ですけど、今すぐに湯をためますので」

三人は鳩《はと》が豆鉄砲を食ったような顔をした。店主の目が見えていたら、一週間は腹を抱えて笑いっぱなしになってしまったであろう、おかしな顔だ。

店主は立ち上がり、奥へ入ろうとした。さっそく湯をためようとしているのだ。

「ありがとう！」と高倉は叫んだ。

「先を急ぐので」

そう言って三人は出て行った。出て行く時、緒形や石原までが泣き顔になっていた。

その晩のことである。

店主は乾いた布で小生についた埃を丹念に取り除いた。時間をかけて隅々まで拭き取ると、次に金属のサビを落とし始めた。留め金は特に念入りに磨いた。それが終わると、布にクリームを付け、乾燥しきった革を磨き始めた。きゅっきゅと音を立てて磨いた。けして蓋を開けることはしなかった。

小生は十年ぶりに正当な扱いを受け、店主の透き通った心が沁みた。

磨かれている間、小生は己の過去を振り返った。高倉たちは知らないが、小生には百五十年の歴史がある。語るのに一晩では難しい。まあ、語る相手もいない。走馬灯のように思い浮かべるだけでよしとしよう。

高倉たちに風呂付きアパートの夢があるように、小生にだって夢がある。しかしそれは果たせぬ夢である。人間がうらやましい。夢を語ることができる。夢を叶えることができないにしても、語ることはできる。それは贅沢と言ってよいことではないだろうか。夢の醍醐味は「語る」ところにあると、小生は思う。ひとは自分が持っている贅沢に気づこうとしない。

つるぴかになった小生を店主は鍵付きの部屋にしまった。

翌朝、店主は早くから店を開けたようだ。

奥の部屋へしまわれているので、店の様子はわからない。静かな店だが、ぽつりぽつりと客が来るようで、ひとりが帰ったタイミングで、店主は小生のいる部屋へやってくる。ここはあずかりものをしまっておく部屋のようだ。小生の横にはパンダのぬいぐるみがあった。その向こうに地球儀があり、あちらにはかつら、そして座布団もあった。どれもこれもが、小生よりも途方もなく若く見える。

歳をとればとるほど、孤独になる。それはひとともの唯一の共通点かもしれない。


うつらうつらしていたところを、店主の手でひっぱり出された。

店の外は暗く、日付けが変わっていた。高倉と緒形と石原が昨夜と同じく三和土に突っ立っている。警察にはつかまらなかったようだ。城は無事だろうか？

川で身を清めてきたのだろう、臭いはだいぶましになっていた。服は相変わらずなので、無臭とは言えないが。

三人は小生を見て、驚いた顔をした。

「これは、あれか?」と高倉は店主に問うた。

「少し磨いてみました。勝手なことをしてすみません。中を開けてはおりません。よろしかったら、中をお確かめください」

石原が留め金をはずし、蓋を開けた。小銭がどっさりと入っている。三人、安心しろ。店主は金に手を付けていない。ここには七万八千六百二十七円入っている。おととい数えたそのまんまの額である。一円たりとも減ってはいない。

「石原、安心しろ」と高倉は言った。

「そうだ。この店主は信じていい」

緒形は蓋を閉めた。そして店主に向かって言った。

「昨日あれから俺たちは小学校へ行って、塀の外から鳥小屋を覗いてきたんだ。ピー子は元気にしていた。深夜なのにオハヨーって言いやがった」

「そうですか、よかったです」と店主は微笑んだ。

和やかな空気が流れている。

高倉は小生の持ち手を握り、名残惜しそうに「世話になった」と言った。この店の空気にもう少し浸っていたいのだろう。

すると店主は「ご相談があるのですが」と言った。

「外に声が漏れないよう、店を閉めてお話ししたいので、小上がりに上がってお座りくださいますか」

そう言われた三人は、「昨日よりは身綺麗である」という自信があるせいか、恐る恐る畳に上がった。久しぶりの畳の感触に、三人の顔は紅潮した。

小生はというと、少し心配になった。

この店主、ひょっとして警察に彼らのことを通報して、施設へ送る手配をしたということはないだろうか？　戸を閉めたら最後、ふぁんほーふぁんほーとパトカーがやってくる、ってことはないだろうか。小生は別に三人に恩義を感じているわけではないが、長く一緒にいたので、あまり不幸になってほしくないと考えている。施設が不幸かといえば、それは違うのだろうけど。

三人は過去を捨てた。それなりの事情があってのことだろう。このまま自由に余生を過ごさせてやりたいと思うのだ。

彼らが座る間に、店主はガラス戸を閉めた。やはりすべりが悪く、ガタガタと嫌な音がした。閉め終えて三人の前に座ると、切り出した。

「みなさんはアパートを借りる資金を貯めているのですね？」

「風呂付きの、アパートだ」と高倉は訂正した。

「失礼しました。風呂付きアパートを借りる資金として、この鞄の中のお金を大切にしているということですね？」

「それが、どうかしたか？」

「この鞄自体はどうですか？　みなさんにとってかけがえのない、大切なものですか？」

三人は顔を見合わせ、へらへらと笑った。

「こんなおんぼろ鞄」と高倉は照れ臭そうに頭をかいた。

「磨いてもらって見違えちゃったけど、これ、俺が十年前に河川敷で拾ったもので、ただもう、便利に使っていただけだよ」

「大切ではない、というわけでもないよ」と緒形は言った。

「いやもう、俺たち、持ち物と言ったら手に持てるくらいしきゃないもので、この鞄に限らず、欠けた茶碗だって大切なんだ。まあ、貯めた金ほどじゃねえけどさ」

店主は「そうですか」とうなずくと、神妙な面持ちで言った。

「この鞄はたいへん価値のあるものなんです」

「価値？」

「留め具に刻印があります。ルイ・ヴィトンです」

三人はぽかんとしている。反応は鈍い。まあ、わかってはいた。彼らに小生の価値は一生わからぬと。

「ルイという名前の人の鞄ってこと?」と緒形は言った。

うすらとんかちめ、と小生は毒づいた。声にならんので、許されるだろう。

「ブランド名です。世界的に有名な高級ブランドです」と店主は言った。

「ブランド品? この鞄が?」今度は石原が声を出した。

「ブランドって何だっけ?」緒形は疑問を呈す。

緒形よ、もうそこからわからんのか!

店主は少し考えて、別の言い方をした。

「メーカー品だということです。たいへん良いメーカーです。この表の革ですが、手触りからして、かなり古い物と思われます。わたしは目が見えないので、お尋ねしますが、何か模様が入っていますか?」

「いや、これはその、いわゆる、なんだっけ」

高倉がつかえると、石原が言った。

「無地ってやつじゃないか?」

それを聞いた店主はやはりそうか、というような思慮深い顔をした。

「だとしたら、これは少なくとも百年以上前に作られたものです」

「百年？」

「ルイ・ヴィトンは特徴的な模様が有名なのです。それが出回ったのは一九〇〇年以降と言われています。ですからこれはそれより前に作られたものと思われ、現存するものは少なく、ですから、価値がひじょうに上がっているのです」

店主はかなり嚙み砕いた言い方をしたが、緒形は頭がついてゆかず、「古いほうがいいって？」と混乱したようだ。古いものほど価値が出るという考えが飲み込めないのだ。

さすがに高倉と石原は飲み込めたようで、顔に緊張が走っている。

店主は緒形を見捨てず、根気よく話す。

「つまり、鞄の中の貯金よりも高価なのです。この鞄を売れば、すぐにでもアパート……いえ、風呂付きアパートに入れるでしょう」

緒形はやっと意味がつかめたようで、「うわ、そりゃあ、すごい」と歓喜した。飛び上がらんばかりの喜びようで、「売ろう売ろう」と大乗り気になった。

石原は珍しく慎重だ。

「これは一応高倉のもんだ。いいのか？　売って」

高倉は「たしかに愛着はあるが、風呂付きアパートには替えられない」と言った。

「いったいいくらくらいになる？」

三人は声を揃えて尋ねた。

店主は言った。

「控えめに見て七十万は下らないと思います」

三人は息を呑み、「ななじゅうまん……」と言ったきり、黙ってしまった。

おいおい、控えめに見過ぎているよ。小生をあなどってもらっては困る。しかしまあ、店主は小生の内側を調べていないのだから、しかたあるまい。

「売る方法を工夫すればもう少し高くなるかもしれません」

小生の声が聞こえたのか、店主はさらなる可能性を口にした。

三人はすっかり当惑しきった顔になった。

店主は言う。

「ブランド品を買い取ってくれるお店に持ち込んで、ご相談されるとよいと思います。それをお伝えしたくて、引き止めさせていただきました。お話はそれだけです」

三人は顔を見合わせ、ぶつぶつ何か唱えていたが、やがてみなを代表するように高倉が言った。

「俺たちをまともに相手にしてくれる店なんぞないし、盗んだと疑われて、警察につかまるかもしれない」

店内は静まり返った。

高倉は腕組みをしてしばらくの間考え込んでいたが、ふと顔を上げると、店主に向かって「あんたが売ってくれないか？」と言った。

「わたしが？」

「ああ、あんたがその、どうにかいい値で売って、そのうち手数料としていくらか取ってくれたらいい」

「そりゃあいい考えだ」と緒形は言った。

「俺もそうしてほしい」と珍しく石原も賛同した。

ふたりの同意を得て、高倉があとを続ける。

「高いにゃ越したことはないが、俺たちは三十万を目標にしていたんだ。それより倍になれば御の字だ。あとから四の五の言わねえ、頼むよ」

城が撤去されたのかもしれないと、小生は推測した。川にはいずれ堤防ができる。三人はこのあたりで河川敷暮らしから足を洗い、終《つい》の住処《すみか》を得たいのだろう。

店主は慎重だ。

「わたしが売るとしたら、インターネットになってしまいます。いつもそのようにして、期限が過ぎたあずかりものの処分をしています」

「インタでもなんでも、あんたに任せる。できる範囲でやってくれ」と高倉は言った。

話はついた。

三人は小生に入っている金を店主が提供してくれた布袋に入れて持ち帰り、空になった小生だけが店に留め置かれることになった。三人は電話を持たぬので、一週間後の夜十時に進捗状況を聞きに来ると約束を交わした。

三人が帰ったあと、店主は空になった小生の内側をてのひらで丹念になでまわし、上蓋の隅にかろうじて貼り付いている四角いラベルに気づいてハッとした。ラベルの文字は読めないだろうが、付いていることに価値があるってことくらいはわかるだろう。身分証みたいなものだからな。

どうだい、店主。小生の価値を再計算してみたまえ。

翌日、店主は昼休憩中に小生の写真を撮った。ラベルはもちろん、外観も内側も撮った。店主は目が見えないので慎重に手で距離を測り、何枚も写真に撮ると、パソコンに画像を取り込んだ。音声読み上げ機なるものが、店主の作業を助けている。

小生が河川敷にいた十年の間に科学は着々と進歩したのだ。

店主は約束通りインターネットに小生の情報を載せるようだ。写真を撮った後は、あずかり品をしまう部屋に置かれたので、その後のことは知る由もない。


一週間後の夜十時、小生は再び店主の手によりひっぱり出された。

小上がりに座っている三人を見て、小生は初め誰だかわからなかった。

三人は髪を整え、服を新調していた。開襟シャツにぶかぶかズボン。いかにも安っぽい素材の服ではあるが、清潔だ。見違えた。かなりまともに見える。小生が金になると知って、貯金を少しばかり使い、格安の衣料品店で服を買ったのだろう。ダサい合成皮革のスポーツバッグを携えている。残りの貯金を入れているのだろう。服もバッグも安物だが、新品だ。臭いは消え、すっかり堅気に見える。

店主は三人の変化に気づいただろうか。みてくれの差は、店主にとって、あまり意味のないことかもしれない。

小生を置くと、店主は言った。

「驚くほど早く買い手がつきました」

三人は同時に「ほうっ」と安堵の声を漏らした。

そうか、買い手がついたのか。とうとうこいつらとはオサラバだ。小生はいったいこの先、どこのどいつのものになるのだろう？

店主はてきぱきと話を進める。

「中のラベル等を調べたところ、先週申し上げた価格よりも高く売れると判断し、即決価格を百万円に設定してオークションに出品しました」

「ひゃくまん？」

緒形はしゃっくりのような声を出した。

「いくらなんでもそれはふっかけ過ぎでは」と高倉は言った。

小生は「欲のない店主だ」と呆れた。その倍はふっかけてよいだろう。片手で数えられるほどしか現存していない年代物なのだから。

「翌日には落札されました」と店主は言った。

「えええ？」

三人は驚きを隠せないようであった。

「それから落札者のかたとメールで入金の方法を相談しあったのですが、一度実物を見てみたい、とおっしゃるんです。やはり高い買い物ですからね。たしかに現物を見ていただいたほうがよいとわたしも思いました。そうしてご納得の上で、ご購入を決めていただき、持ち主であるみなさんに直接お金を払っていただくのがよろしいかと思い、今夜、こちらに来ていただくことになっています」

三人は顔を見合わせた。

「来る？」

「もうすぐいらっしゃいます」と店主は言った。

「えええええ？」

三人はすっかり動転してしまった。

小生は三人の服が粗悪品とは言え清潔であることに安堵した。三人はそうとは知らずに服を新調してきたが、運が良かった。しかし、百万円をぽんと払う相手に会う心構えが、三人にあるかというと、それはまた別の話だ。

「俺たちは金が手に入ればいいんだ。出直すよ」

高倉はすっかり怖気《おじけ》づいてしまった。石原なんてもう、腰を浮かしている。

ちょうどその時、「ごめんください」と言って、ご婦人が現れた。

三人はハッとして固まった。みな、目がこぼれそうな顔をしている。

一番驚いているのは小生だ。

淡い水色の上質なスーツを着た四十代のご婦人の名前を小生は知っていた。

「北白川百合子と申します」

百合子はみなに挨拶すると、店主に勧められるまま小上がりに上がり、三人と向き合うようにして座った。店主はまるでレフリーのように両者の間に座った。まんなかにはもちろん小生がいる。

百合子は小生に目を留めると、感極まり、頰を紅潮させた。

細くて白い指が小生に触れた。懐かしい指である。びりびりと電気が走るような感覚。あまりのことに、小生は粉々に砕け散りそうだ。破裂するような思いが全身を貫く。

「ああ……」

百合子は感嘆のため息をもらすと、小生の革のこまかいキズのひとつに触れ、「これが証拠です」と言った。

「小さい時にわたくしがつけたキズですわ。ものさしを振り回して、当たってしまったんですの。いつもはおだやかな父にきつく叱られたので覚えています」

百合子は目を潤ませた。

店主は尋ねた。

「このトランクは北白川さんのものだったのですか？」

百合子は首を横に振った。

「わたくしのではなく、父の鞄でした。その前は祖父のものでした。その前は曽祖父のものでした。北白川家では代々長男が家業とこの鞄をセットで受け継ぐという歴史がありまして。みな外交官で、この鞄を携えて世界中を回っていたんですの。あまり家にいなかった父が帰国する日は、夜中でもわたくしは起きて待っておりました。この鞄の中から、さまざまなお土産が出てきたものですよ。西洋のお人形とか、南の島のお面とか」

三人はただただ百合子を見つめている。近くで女性を見るのは久しぶりなのだろう。

「父は退官してからもこの鞄を使っておりました。わたくしの兄は我が家の歴史に背いて音楽の道に進んだので、鞄を引き継ぐものがおらず、それもあって、父はこの鞄の最期を看取る責任が自分にあるなどと申しまして、大切に使っておりました。ところが今から十年前、父が銀座に買い物に出かけた際に、盗まれてしまったのです。父の落胆はひどいものでしたわ。中には貴金属が入っていたので、戻るのは難しいだろうと警察に言われました」

するど高倉は叫んだ。

「俺が拾った時には、中身は空だった！　俺は盗んじゃいない」

百合子は「もちろんですわ」とうなずいた。

「おそらく犯人が中身を盗んで、鞄は捨ててしまったのだろうと、父はそう申しておりました。古いものですから、価値のわかるひとは少ないだろうと申しておりました。父は貴金属よりもこの鞄をなくしたことを残念がっておりました。盗まれた貴金属は買ったばかりのもので、そのものとの歴史がまだできていなかったのです。それに比べこの鞄は曽祖父から受け継いだものですし、思い出がたあくさん詰まっていたものですから」

たあくさん、という百合子のしゃべり癖が懐かしい。幼い頃、玄関で見送る際に「おとうさま、たあくさんお土産をくださいませね」とねだったものだ。

百合子は高倉に向かって微笑んだ。

「拾ってくださったおかげで、こうして取り戻すことができました。ありがとうございます。こんなにきちんと手入れをしてくださって。うれしいですわ」

高倉はどぎまぎして、口をへの字に結んだ。

百合子は話し続けた。

「父の落胆があまりに大きかったものですから、わたくしはこれを是が非でも取り戻そうと、高級品を扱う質屋を訪ね回りました。ネットでも捜しました。中古のヴィトンが売りに出ていると、チェックをしました。父は二年前に亡くなりましたが、ネット検索するのがわたくしの日課になっておりました。そして一週間前にとうとう見つけたんですの。どんなにうれしかったことか。わたくし、きゃあっと悲鳴を上げてしまったんですのよ」

なんと！

北白川洋介は死んじまったのか。

小生こそ、きゃあっと悲鳴を上げたい気分だ。

夢散りぬ。小生の夢はそう、もう一度奴の手に戻ることだったのだ。うーむ。残念無念。あと二年早くあずかりやに持ち込まれていたらなあ。堤防計画が二年早かったらなあ。死んじまったのかあ。まあ、歳だったからなあ。

百合子はグッチのハンドバッグから分厚い封筒を出し、畳に置いた。

「どうぞお納めください」

三人は硬直してしまい、手を出そうとしない。

店主は三人に向かって「どうぞ、金額をお確かめください」と言った。

高倉はそっと封筒を手に取り、その重みに、なんとも言えない顔をした。緒形も同様の顔であった。夢に見た金が手に入ったのだ。喜べばいい。小生にはそれほどの価値があるのだ。正直、百合子は「百万で済んでよかった」と思っているに違いない。もっと高く売りに出されてもよさそうなものだからだ。

店主は「手数料は結構です。どうぞお納めください」と言った。

するとさっきから黙っていた石原がぼそりと言った。

「もともとあんたんちの鞄なら、金を払うのはおかしいんじゃないか？」

ちょうどその時、振り子時計が鳴り出した。

ボンボンボンボンボンボンボンボンボンボンボーン、十一時である。

鳴り終わるのを待って、石原は続けた。

「親父が死んだ時、家の相続にすごい金がかかるって言われて、ピンとこなかった。俺が生まれたうちだ。親父が死んだら俺のうちだ。なのに金払え、何百万も払えって言われて、それは払えねえと言ったら、今度は家を手放せと言うんだ。出て行けと言うんだ。なんで俺が出て行かなくちゃならねえ？　そこで育ったのによ。俺、嫌だからさ、めちゃくちゃいろんなとこから金借りて、相続税ってやつを払ったよ。したら利息がふくれあがって、結局半年後には夜逃げするはめになった」

そうか、石原はそういう過去があって、今、家がないのか。

石原は高倉から封筒を奪うと百合子の前に置き、「とにかくこの鞄はあんたのもんだ」と言った。

部屋はしいんとしたままである。店主も黙っている。

高倉が静寂を破った。

「たしかにそうだ。自分の持ち物に金を払うのは変だ」

緒形は少々未練があるようで、「うん、そうだなあ、ルイ、なんだっけ。とにかくルイっちは持ち主のとこへ返すしかないよなあ。持ち主は死んじまってるけどさあ」とつぶやいた。

百合子は百合子で、とまどっているようだ。百合子にとってはさほど痛い金ではないが、それを言うのは憚《はばか》られた。三人にとって、のどから手が出るほど欲しい金を「いいんですのよ、このくらい」と言ってしまえるような無神経ではない。なにせ育ちが良いのだ。洋介は鷹揚《おうよう》な男だった。そのおだやかなる血を娘の百合子も引き継いでいる。

店主は遠慮がちに言った。

「ではこうしたらどうでしょう。落とし物を拾って警察に届けた場合、拾ったひとは10パーセントほどの謝礼を請求する権利があります。百万のうちの十万を拾った謝礼として北白川さんからいただくというのは」

三人は顔を見合わせた。

「十万あれば夢に近づくな」などとぶつぶつ小声で話し合い、理屈に異論はないようで、最後は高倉が結論を言った。

「こっちはそれでじゅうぶんだ」

百合子は封筒の中から十万を抜くと、一枚、二枚とゆっくりと数えて見せ、それを三人の前に置いた。高倉はそれを捧げ持つように受け取り、緒形に渡した。緒形は震える手で受け取り、まじまじと紙幣を見つめると、石原に渡した。石原は紙幣を拝むような仕草をして、スポーツバッグに入れた。

百合子は微笑みながら尋ねた。

「お三人はどのような夢に向かっていらっしゃるんですの?」

緒形はへらへら笑いながら、「そいつは言えねえな」と頭をかいた。

高倉は顔を上げ、きっぱりと言った。

「風呂付きアパートを借りる夢です」

百合子はハッと息を呑んだ。

高倉の顔は清々しく、胸を張っていた。百万円を受け取らない決断をしたことで、ここ何年か失われつつあった人としてのプライドを取り戻したようだ。自信に溢れた顔は、クリームで磨いたようにつやつやと輝いている。

「恥ずかしながらわれわれには家がありません。それで金を貯めているんです。風呂付きアパートに住む夢を追いかけているのです」

横にいた緒形は顔が真っ赤になった。

石原は「ははは」と照れ笑いをした。

それをきっかけに三人は「ははははは」と笑った。終わりがないかのように、笑いは続いた。三人が声をあげて笑うのを小生は初めて聞く。健全で力強く、明るい笑いであった。

生粋のお嬢様である百合子は、わけがわからぬという表情をしていたが、笑いが収まるのを待って、恐る恐るこう尋ねた。

「それはアパートでなくてはいけないんですの？」

高倉たちは北白川家が所有する古い別荘を借りることとなった。

それは東京と埼玉の境目にあり、庭は草ぼうぼうで、桜や楠《くすのき》が生い茂り、近所の子どもたちからお化け屋敷と呼ばれている平屋である。

庭のすぐ横を小さな川が流れており、それは高倉たちが住んでいた川よりも水質が上等で、眺めも悪くない。

洋介は若い頃に何度か別荘として使ったが、駅から遠くて不便だし、周囲に何にもなくて、買い物に不便ということもあり、奥方に不評であった。ゆえに長年手入れもされずにほったらかされていた。土地は広く、和室が三部屋あり、ここは肝心なところだが、風呂がある。一度に三、四人は入れそうな、堂々たる風呂である。家屋は屋根が傷んで雨漏りはするし、室内は埃だらけであるが、掃除も手入れもすべて三人がやるという条件で、家賃は月三千円、敷金礼金管理費なしで住めることとなった。

管理費については「お支払いしたいくらいです」と百合子は言った。人が住まない家は朽ちてゆくばかりであるし、妙な人間に占拠されたらと心配の種であったらしい。実際、タヌキの親子がねぐらにしていたようだ。

高倉たちが妙な人間でないかどうかは、小生には何とも言えないが、政治的意図も犯罪的意図も持ち合わせていないことは確かだ。

あずかりやが保証人となり、三人は本名を明かさずに済んだ。

高倉たちは、保証人になってもらったお礼に、あずかりやのガラス戸の建てつけを直し、すべりを良くした。店主はとても喜んだそうである。

小生は今、故北白川洋介の書斎にいる。場所は高級住宅街の一角にある屋敷の一階である。屋敷には百合子とその夫と息子ふたりが住んでいる。洋介の奥方は高級老人ホームに入居している。洋介はそこで亡くなったらしい。

二度と盗まれないよう、百合子は父親の書斎に小生を飾り置いた。百合子の息子の大学生が海外旅行に持って行きたいと言っても、大事なものだからと使うことを許さない。鞄は使われるのが本望なのに、小生の気持ちは人間には伝わらない。

「銀座で盗まれた」

そう百合子は言った。洋介が娘にそう伝えたのだろうが、小生は盗まれたのではない。

銀座へ買い物に行った帰り、洋介はタクシーに置き忘れたのである。

当時七十五歳。記憶力や集中力が衰え始めており、加齢による失態をちょこちょこやらかしていたので、このことを家族には言いたくなかったのだろう。

タクシーの運転手はそれに気づかず、車を走らせた。そして次の客を新宿で乗せた。

その客は何か嫌なことがあったらしく、不機嫌で、酒臭かった。サラリーマンなのだろうか、スーツを着ていた。小生に気づくと、下品にも口笛を吹いた。そして自宅に持ち帰り、小生を開けた。

中には土産が詰まっていた。奥方のために買った真珠のネックレスや、息子に買った腕時計、娘に買ったエルメスのスカーフが入っていた。退官してからも洋介はしょっちゅう家族に贈り物をした。銀座のデパートや老舗のブランド店を回って、こうしてあれこれ買うのが生きがいになっていた。仕事で海外を飛び回っていた洋介は、良いものを見分ける目を持っていた。その目で選んだものを持ち帰り、家族が喜ぶのを楽しみにしていた。

しかし洋介自身はというと、欲しいものはないのであった。小生を半世紀も使い続けたし、財布も古いものをすり切れるまで使った。時計も年代物であった。

酔っ払いは良品を見分ける目を持っていなかったが、真珠のネックレスも時計もスカーフも有名ブランドのロゴ入りの箱に入っていたため、それが値打ちのあるものとわかった。小生はあまりに古いので価値があると気づかず、河川敷にぽいと捨てたのである。

百五十年も現役でい続けたのに、河川敷が墓場になるのかと、小生は絶望に近い気持ちになった。そんなところに、高倉健が現れたのである。

「空っぽだ、この野郎は空っぽだ」

などと失礼なことを言いやがったが、小生は高倉健の所持品となり、予想もしない生活が始まった。社会の表舞台にいた小生が、舞台の下、つまり奈落を味わうこととなった。再び洋介の許《もと》へ戻ることを夢見ながら、奈落で彼らと十年を過ごした。

三人ともそれまで出会ったことのない人種で、めんくらうことばかりだったが、よくよく付き合ってみると、よいところとそうでないところを持ち合わせた、洋介となんら変わらぬ人間であった。奈落に思えた場所も、ちゃんと舞台なのであった。太陽や雨風と密接に関わり、四季折々を嫌というほど感じ、ひとがひとらしく生きている、野外ステージであったのだ。

ひょんなことから夢叶い、北白川家の書斎に戻ってきた。

所有者である洋介は死んでしまったので、パーフェクトに夢が叶ったとは言えないが、まあかなりのところ、幸せと言ってよい状況であると思うのだ。

そう思わなければならぬと、わかってはいるのだ。

ここは表舞台。もう夢を見る必要はない、と自分に言い聞かせている。

しかし、しかしだ。

こうして洋介の匂いのする懐かしい書斎に飾られていると、しだいにうら寂しい気持ちになってくる。

洋介が退官した時のことを思い出す。

奥方や娘たちに「ごくろうさまでした。明日からはゆっくりお休みになってください」と言われて、彼はなんとも言えない、泣き笑いのような顔をした。その表情が今も記憶にこびりついている。

その後も洋介は毎日のようにスーツに着替え、小生を携えてどこかしらへひとりで出かけた。書店を巡ったり、デパートで買い物をしたり、時には海外にも出かけた。どこへ行くにもビジネススタイルで決め込んでいた。意気揚々を装ってはいたが、なにやら時間を持て余しているようであった。

小生も今、同じ気持ちだ。隠居というのは向いている人間には最高に楽しい日々だろうが、勤勉しか取り柄のないものにとっては苦役とも言える状態であるのだ。

端的に言えば、くそつまらない。

おっと！　河川敷暮らしで少々言葉遣いが汚くなった。

繰り返し思い出されるのは、外交官と巡った異国の風景ではなく、川の流れが聞こえる廃材で作った小屋に置かれ、小銭を腹に抱えつつ、奴らの一喜一憂した顔を眺めていた日々である。

高倉健、緒形拳、石原裕次郎。この三人の夢を腹に詰め込んでいた。その頃のあれやこれやが不思議と克明に思い出されるのだ。

あの三人は前期高齢者だが、隠居とは無縁だ。月三千円、年間三万六千円を払い続けなければならない。水道代、電気代、ガス代もかかる。貯《たくわ》えがあるとは言え、ただ減ってゆくのを眺めているわけにもいかず、相変わらずせっせとアルミ缶を拾っているのではなかろうか。川で魚を釣って食っているだろうし、野鳥を焼き鳥にして食っているのではなかろうか。うっかり絶滅危惧種を食っちまって捕まらなければよいが。

風呂が立派すぎるので、水がたんと要る。水道代がもったいないから、川の水を汲んで運んでいるのではないか。

奴らは忙しい。金がないゆえに、洋介が味わった寂しさを感じる暇はないだろう。

そう言えば、緒形の過去。これだけは聞くチャンスがなかった。どんな人生だったのだろう？　子どもはいるのかな。

おや、うぐいすが鳴いた。

窓の外では四季が移り変わる。北白川家の庭は手入れが行き届き、今は梅の花が満開だ。しかし書斎の中はしーんとして、時計の針以外、ぴくりとも動かない。

春うらら　うぐいす鳴きて　梅咲きて　今日も明日も　くそつまらない

誰か、小生を盗み出してはくれまいか。

文人木
ぶんじんぎ

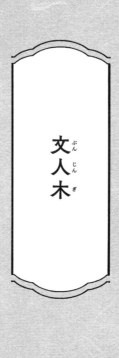

章人《あきひと》とわたしは折り合いが悪かった。

最初の出会いが最悪だったからかもしれないし、互いを知らな過ぎるからかもしれない。わたしが彼と同居することになったいきさつにも問題があると思う。

彼がわたしを嫌う要因はいくらでも挙げられる。わたしが彼を嫌う要因も負けてはいない。だから今日、彼がわたしを蓋のない段ボール箱に入れて部屋から持ち出した時、「いよいよ別れの時が来た」と覚悟した。

正直なところ、ほっとした。

彼は機嫌良さげに口笛を吹きながらリズミカルに歩いた。わたしも口があったら笛を吹いていただろう。

とうとうおさらばできる。

彼と心を一《いっ》にしたのは初めてのことだ。

章人はわたしを抱えたまま電車に乗ると、席は空いているのに座りもせず、窓から外を眺めた。彼は小柄で、二十歳なのに少年に見える。心が姿に表れるのだ。おそらく三十歳になっても少年のままだろう。ピュアだと言いたいのではない。未熟だと言いたい。くせの強い黒髪は短く刈り込まれ、形の良い頭を苔のように覆っている。まつ毛は濃く、外を飽かずに見つめる瞳は真剣そのものだ。

段ボール箱の縁越しに、わたしも外を見た。

景色がやってきては消える。右から左へとすさまじい勢いで流れてゆく。それを飽かずに見つめる章人。

なるほど章人は景色を変えたいのだ。

人間には、景色を変えたい輩《やから》と、守りたい輩がいる。どちらが優等ということではなく、単に人間性の違いだ。章人は前者なのだ。そしてわたしは後者と相性がいい。だから章人とは今日限りおさらばだ。

電車を降りた。

章人は口笛を吹かず、神妙に周囲を見回しながら歩いている。おそらく彼にとって初めての場所なのだ。古ぼけた商店街が見え、そこに入ってゆく。昭和のトンネルに迷い込んだような気分だ。狭い通りを左右を確かめながら歩いてゆき、右手に見えた店の前で立ち止まった。

不審そうに見上げたり、首を傾げたりしている。年季の入った木造家屋で、こぢんまりとした店構えだ。章人は意を決したように藍色ののれんをくぐった。

ぽつねんと、青年がいた。

文机に向かい、分厚い紙の束にてのひらを当て、横にすべらせている。見たことのない仕草であったが、青年のたたずまいから、それは知的な作業で、意味深いことであろうと察せられる。

来客に気づいた青年は手を止めて、「いらっしゃいませ」と言った。

透き通った声で、滋味深い余韻が残る。この声ならばずっと聞いていたいと、わたしは思った。

「あずかりやって、ここ？」

章人はいきなり礼儀知らずな口をきいた。

彼を庇う気は毛頭ないが、店が小さいから無礼な態度をとったのではない。章人はいつでも誰にだってあまねく平等に失礼な態度で接する。つまり、社会人として不合格な奴。それが章人なのである。

「はい、あずかりやでございます」

青年は静かに答えた。腰は低いが媚《こ》びはない。

「責任者、呼んで」

章人、お前は何様だ。

「わたしが店主をしております」

青年は落ち着き払っている。二十代後半のように見えるが、店主だけあって、不惑ほどの落ち着きがある。店主が美しい敬語を使い、章人がぞんざいな口をきくほどに、人間の器の圧倒的な差異が明白となる。

わたしは章人を身内と思っているので、恥ずかしさに身が縮む思いがした。

店主は立ち上がり、小上がりの中央へと移動した。章人は店主の動きを無遠慮に観察した挙げ句、「あんた目が見えないの?」と言った。

ああ……………やってしまった。

「はい」

店主はつゆほどにも不快を感じないようで、「どうぞ、おあがりください」と座布団を勧めた。わたしの中で、店主の器がどんどん大きくなってゆく。

章人は「うーん」とうなると、「目が見えないんじゃ、無理かな」とつぶやいた。

「ご心配には及びません」と店主は言った。

「何でもおあずかりします。一日百円でございます。期限をお決めいただき、前払いでお願いします。期限を過ぎてもいらっしゃらない場合は、こちらで引き取らせていただくことになります」

章人は靴を脱ごうとせず、突っ立ったまま、段ボール箱からわたしを取り出して店主の前に置いた。

「二週間。生きたまま返せる?」

店主は「さわってもよろしいですか?」と断ってから、ゆっくりと手を伸ばしてわたしに触れた。長い指はひんやりとして、植物的である。動きはひじょうに柔らかい。わたしを傷つけないよう、丁寧に確かめながらつぶやいた。

「幹肌からすると、年月を経ていますね」

驚いた。わかるのか? 手で!

「時代が乗っているわりに、幹は細くて高さがありますね。これは……ひょっとして文人木でしょうか」

章人はひどく驚いた様子で、「あんた、盆栽がわかるのか?」と問うた。

文人木というのは、盆栽の世界でよく使われる言葉であり、「文人が好む木」という意味である。文人とは、書画や詩文を嗜《たしな》む知識層を指す。そうした風流人が、床の間に飾って茶を飲めるようなたたずまいの木、という意味である。

どういう見た目かというと、幹に年月による厚みや枯れが表れており、主幹は細くてある程度の高さを持ち、枝の数は最小限に抑えられている。どっしりの対極にあり、その飄々《ひょうひょう》としたたたずまいが余白を意識させ、独特の世界観を醸し出すのだ。

わたしはまさにそのような姿を有した天下一品の文人木なのである。

店主は手を引っ込めて首を左右に振った。

「いいえ、理解にはほど遠いです。ただ、鉢植えをあずかることがありますので、知識としてありました。このような繊細な盆栽をおあずかりするのは初めてです。ご心配ですか？」

章人は靴を脱ぎ、小上がりに上がって、あぐらをかいた。

「木の種類はわかる？」

「この時期に花芽がありますので……皐月《さつき》ではないでしょうか」

「合格」

章人はパチンと指を鳴らした。下品極まりない。

「文人木とか、どうでもいいんだ。こいつは皐月。それだけわかっていればいい」

章人はテンポ良く話す。こんなにぺらぺらしゃべる奴だっけ？

おそらく店主を気に入ったのだ。

わたしはかなり気に入っている。賢く、それでいて柔らかさを有し、飄々としている。店主は文人木に通じるたたずまいを持っている。

章人と心を一にしたのは二度目だ。別れる今日になって、こんなに気が合うなんて、皮肉だ。

「俺、ちょっくら旅に出るんで、二週間、よろしく。オタク、二階の窓のとこ、手すりがあるでしょ。花台にちょうどいい。あそこに置いて」

「承知しました」と店主は言った。

章人は千円札一枚と百円玉四枚を店主の手に握らせた。

「お名前をお伺いする決まりになっております」と店主は言った。

「上永《うえなが》章人」

章人は靴を履き、出て行った。最後にのれんがひらりと揺れた。揺れが鎮まる頃、再びのれんが揺れ、章人は顔を出した。

「水は乾いたらたっぷりと。水受け皿は置かないで。根腐れすっから」

そう言い捨てて章人は出て行った。

店主はしばらくじっとしていた。再び戻ってくるかもと思っているようだ。

しかしのれんは揺れなかった。

旅か。

ようやく行けるのか。ずっと行きたがっていた。わたしを押し付けられて、行けなかったのだ。それにしても、二週間だけのおさらばか。がっかりなような、ほっとしたような、微妙な気持ちだ。

半年前、章人の祖父の上永三郎太《さぶろうた》が亡くなった。

三郎太は日本屈指の盆栽家で、紫綬褒章を賜った名士ゆえ、盛大な葬儀が行われた。彼が手塩にかけた名木が葬儀場に並べられ、見る人をうならせた。このわたしももちろん飾られた。政治家や文化人や歌舞伎役者などが続々と弔問に訪れ、三郎太の死を惜しみ、長年の功績を讃えた。

孫の章人は彼風に言えば葬儀を「ばっくれ」た。

三郎太には息子がふたり、娘がひとりいるが、誰も盆栽業を継がなかった。三郎太が世襲を嫌い、継がせなかったのだ。「土台が用意されたものは、本物にはなれん」というのが三郎太の考えで、人が作り上げたものを引き継ごうとするものは見込みがないと、弟子すら取らなかった。

三郎太は足が不自由なので、若者を雇って力仕事をやらせていた。彼らは自然と極意を受け継ぎ、次々と独立して盆栽家となったが、弟子を名乗ることは許されなかった。

葬儀場では三郎太の遺言に従い、作品の嫁ぎ先が決められた。前から欲しがっていた愛好家や著名人にもらわれてゆくのだ。と言っても、すべてが国宝級の値打ちのある品なので、ただで譲り受けるものはいない。分厚い香典袋がやりとりされ、それなりの金が動いた。

わたしを欲しがるものもたくさんいたが、喪主を務めた妻のイトは「これだけは勘弁願います」と譲らなかった。息子たちが「それでは親父の遺言に反する」と咎めたが、「これはだめ」と言い張った。温厚で、夫に逆らったことのないイトが、珍しく我を張り、結果、わたしひとつが上永家に留め置かれることとなった。

葬儀が終わり、息子たちが遺品整理をしているさなか、イトは何を思ったかわたしを持ち出し、不肖の孫・章人のアパートへ単身乗り込んだ。

当惑する章人にイトはわたしを押し付けた。

「おじいさんの形見分けよ」

章人は血相を変え、「こんなもん要らねえ」「売っちまうぞ」と毒づいたが、イトは余裕で微笑み、「売れば地球の裏側に行けるくらいの旅費にはなるでしょう？もうあなたのものなのだから、好きになさい」と言い置き、帰ってしまった。

「なんてこったい！」

と叫んだのは章人だが、わたしも同じ気持ちであった。思えば、その頃から章人とわたしは心を一にしていたのだ。

三郎太の孫は章人のほかに六人いるが、みなまっとうだ。

真面目に社会人や大学生をやっており、章人だけが問題を抱えていた。本人に言わせれば「ノープロブレム」なのかもしれないが、上永家的には際立った問題児であった。

あれは十四歳だったかな、学校から帰って来なくて心配した両親が警察に助けを求めたところ、イギリスのクルーズ船で太平洋を航海中だった、という一件があった。横浜港からこっそり紛れ込んだようだ。なんと無銭無断乗船。章人は三郎太の娘の末っ子で、本家の屋敷で同居していたから、あの時の騒ぎはわたしもよーく覚えている。

「どうして章人が？」

学力優秀で、最難関の中高一貫校に通っていた章人の奇行。両親のショックは相当なものであった。章人はあの事件を皮切りに、あっちへふらふら、こっちへふらふらと好き勝手を繰り返すようになった。わたしに言わせれば、本性を現したのだ。

とにかく、一所《ひとところ》に留まっていられない。ありがちな不良行為とは無縁で、人とつるむことはしない。学校には行かなくなったが、家にもおらず、いつの間にやら外にアパートを借りていた。金はイトが融通していたと思われる。放っておくと野っ原で寝起きしそうだからな。盆暮れ正月、冠婚葬祭にもいっさい顔を出さないへそまがりだ。

三郎太は章人の蛮行について何も言わなかった。そもそもが無口で、盆栽以外興味がないからかもしれない。三郎太が章人に怒りをぶつけたのは一度だけ、それも章人が五歳の時のことで、あれがきっかけで、章人はどこかがイカれてしまったのかもしれない。

あずかりやの店主は裏表のない人間のようで、言われた通りにした。

つまりわたしを二階の窓の外にある手すり部分に置いた。あつらえたように鉢がおさまり、安定感はばつぐんであった。

風が通るし、陽の当たる場所で、夜になると星が見えた。

明日のことを思うと不安もあるが、章人と離れたことには安堵があった。わたしは「人から好もしく思われる」ことに慣れ過ぎていたため、「厭われる」ことに大きなストレスを感じる。章人はわたしを「やっかいもの」と思っていたため、一刻も早く離れたかったのだ。

さて、あずかりやに来た翌朝、店主は窓を開け、わたしのせり出した根や、苔むした土の部分をさわると、乾いているのに気づき、たっぷりと水をくれた。なんであずかりやにそんなものがあるのか、霧のような水が出るジョウロでもって、たっぷりと、そう、鉢底から水が流れ出るくらいにじゅうぶんな水やりをしてくれた。うわあっと声をあげたくなるほどの喜びがわたしの体を貫く。

久しぶりにわたしは満たされた。

日中はただただ陽を浴びた。半年の暗黒を取り戻すように陽を浴び続けた。階下ではぽつりぽつりと客が訪れた。騒がしい客はおらず、全体に静かであった。下町の小さな店の軒先がこれほど心地よいとは意外であった。夜になると再び店主が二階を訪れ、土に触れ、乾いてないかを確かめるのだった。

わたしは章人のすることなすこと気に入らなかったが、旅の間ここにあずけてくれたことにつき、章人に感謝する。十四日間、快適に過ごせる。そのあとのことは想像しないでおこう。

章人のアパートで暮らした半年を思い返すと、よく枯れずに済んだと思う。

わたしはなんと玄関脇にある流し台の中に置かれた。

わたしほどの名木がシンクにである！

章人は朝起きると、いや、朝ではない、起きるのは昼近くだが、蛇口をひねり、わたしに水を与えた。蛇口の水を直接鉢に流し込むという荒技であった。そんな扱いをされたのは初めてで、わたしは自らに余命宣告をした。

もって一週間、と。

日当たりは最悪で、窓越しの西日が三十分ほど入るだけ。風通しについては、一応、章人も必要を感じたようで、換気扇を回し続けるという裏技を使った。

できそこないの孫とはいえ、盆栽名人の家で育ったゆえ、水と光と風、このみっつがわたしの命綱だと心得ているようだ。しかし誠意も愛もないゆえ、そんな荒っぽいやり方での同居となった。

章人は午後になると部屋を出て、どこで何をしているのかさっぱりわからぬが、深夜や明け方に帰宅した。そして乱暴なやり方ではあるが、目覚めるとわたしに水を与えるのを怠らなかった。一週間ほどで水やりを忘れ、わたしを枯らすと思ったが、章人の態度は終始一貫しており、それ以上悪くはならなかった。

傷んだ葉を摘むとか、埃を払うなどの手入れはしなかったものの、急所を押さえていたので、わたしはどうにか半年を生きながらえた。しかしこのまま一年、二年と生きるのは難しいと考えていた。

窓越しの光は弱すぎるし、換気扇の風は頼りなかった。そもそもシンクだなんて、不愉快だ。心地よさは免疫力をアップさせる。動物や人間のような抗体はわれわれにはないが、植物だって病原体と闘っているし、自然免疫システムはある。

不快な暮らしが続けば、ウイルスや菌にやられてしまう。

手放してくれるのを願い続け、ようやく持ち出してくれたものの、結局あずけるだけであった。でもまあこうして二週間ではあるが、あずかりやのような場所で命の洗濯ができれば、命をつなげることができるかもしれぬと淡い期待が生まれた。

水と光と風。

このみっつの質が急上昇したため、一週間も経つと、わたしはすっかり生き返った。葉の隅々にまで生気が宿り、苔たちもうれしそうに青々と生《む》している。

満足すればさらに望みが高まるのが道理で、別種の思いがひょこっと頭をもたげた。

わたしは文人木なのである。「人から好もしく思われる」、「人に見られ、うならせる」ことができずに、ただ自己完結的に生きている日々に物足りなさを感じ始めた。

店主は目が見えない。

わたしを味わうことはできないのである。

あずかりやにあずけられて十日目のことである。

朝の水やり時に風の音に耳をすましていた店主は、わたしを室内に取り込んだ。これから天気が崩れ、暴風雨になることが予見できたのだろう。

二階は物置のようになっているが、窓から陽は入る。そこに置いておけばよいものを、店主はわざわざわたしを一階に降ろし、八畳間の床の間に置いた。

ふむふむ。床の間は文人木にふさわしい空間である。

章人との約束が店主の任務だとしたら、生きて返せば合格なのに、ただ生かすのではなく、わたしらしく、つまり、文人木らしく生かすことに心をくだいている。店主のプロ意識に気づき、胸が熱くなった。

床の間には黒電話が置いてあった。その横に木彫りの熊の置き物があったが、店主はそれを退け、わたしと黒電話だけの空間を作り上げた。

わたしは上永三郎太の屋敷で客を迎えるために床の間に置かれることがたびたび

あった。掛け軸や水石《すいせき》などとともに、独特な世界観を作り上げ、客をうならせてきた。

黒電話のごとき即物的なものと世界を一にするのは初めてであったが、意外なことに興のある空間が生まれた。

黒電話は鳴るのを待っている。わたしは章人を待っている。「待つ」という共通のテーマ性がしっとりとした悲哀を生んで、えもいわれぬ空間を生み出したのだ。黒電話もわたしも、能動的には生きられない。生きることすなわち受動なのである。わたしは章人が迎えに来なければよいとさえ、思っている。しかし、待つしかないのである。嫌いな奴が現れ、わたしをシンクに放り込むのをただ待つしかないのだ。

悲哀は、物語になくてはならぬ要素だ。

黒電話との距離感も絶妙だ。

「そっちは待ち人来たるか?」

「いや、まだだ。そっちはどうだ?」

そんな会話をしているように見える。

床の間もよいのだ。掛け軸などの飾りがいっさいない空間で、何かを待っている黒電話と、悪童を待っているわたしが静かに時を過ごす。それ以外は「無」なシンプルさ。ささやかな空間にこの世の理《ことわり》を見事に表現している。おそらく黒電話も鮭をくわえた熊といるより、わたしといることを「善し」と感じているに違いない。

暴風雨のおかげで、二日間床の間で過ごすことができた。

そのあと二階で浴びた光は、よりいっそうおいしく感じられた。

気がつけば十四日目になっていた。

朝、店主はいつものようにたっぷりと水をくれた。この水も今日までだと思うと、味わい深い。

二階の窓の外で、章人を待った。

光も風も今日限りだと思うと、せつなくなり、「奴が来なければ良いのに」という気持ちがふくらんだ。

章人が来ない理由をあれこれ想像してみる。

旅が楽しくなってやめられなくなった。

旅先の土地が気に入って住むことにした。

旅先で恋をして、相手の実家で暮らすことになった。

日光を浴びながら具体的にあれこれと想像するのは楽しい。だが、そう都合のよいことは起こらないと心得ていた。

昼を過ぎ、日が当たらなくなると、あと何時間ここにいられるだろうと考えた。換気扇が回る音を思い出し、気がくさくさした。いっそさっさと迎えに来てくれればいい。断頭台に立たされて首を差し出し、いつ刃が降りてくるかわからない、という状況は辛い。ならば今降ろせ、今首を搔《か》っ切ってくれ。そんな心境にもなった。

夕刻になると、本当に来ないのかもしれないと思い始めた。

いやしかし、それは理屈に合わないことだ。あずかりやにわたしを捨てる行為は、章人の得にはならない。わたしを高値で売れば、イトの言う通り、贅沢な旅ができる。千四百円を払ってここに捨てるのは、大損だ。章人はわたしの貨幣価値を知っているはずだから。

しかし、理屈に合わないことが起こった。

店を閉める時刻になっても章人は現れなかった。

旅先で死んだのかもしれない。

ならば損も得もなく、迎えに来られない。

その夜、店主はわたしを室内に取り込み、再び床の間に置いた。そしてわたしに触れ、わたしを見た。そう、わたしはこの時気づいた。店主は手で見るのだ。彼と二週間暮らして、ようやくそれがわかった。

店主はわたしをしみじみと鑑賞し、物想う表情をした。

彼も待っているのだ。

日々、客が訪れるのを待っている。あずかりやという小さな空間で、人を待つ仕事をし続けている。

それに気づいた途端、店主の姿が物悲しく見えた。

店主が床の間に作った空間は、あずかりやのテーマそのものだったのだ。

章人は翌日も翌週も迎えに来なかった。翌月も翌々月も迎えに来ず、半年が過ぎ、ついにわたしは花を開いた。

白い花と薄桃色の花が満開となり、店主はわたしを店のガラスケースの上に置いた。

そこは風通しが良く、二階ほどではないが、日が当たる。道行く人がわたしを見て足を止め、しばし眺めてゆくようになった。

上永三郎太の屋敷にいた頃は、盆栽のわかる人々に鑑賞されたが、ここでは素人相手である。

「きれいなツツジですねえ」と声をかけてゆくものもいる。

店主は「皐月です」と訂正したりしない。小さな子が指を差して「バラ!」と叫んだこともあったが、店主は微笑んでいるだけであった。

不思議なことに、わたしはじんわりと満たされていた。

枝の張り、曲がりや流れの妙、幹肌のシャリなど、玄人をうならせる盆栽特有の価値を知らない人々の心をも揺さぶることができる。そのことに誇りを感じた。とんがった誇りではない。まるくて柔らかな誇りである。

なにやら本来の自分に戻ったような、すがすがしい思いがした。

「桐島さん、盆栽を始めたんですか」と言った女がいる。

店主は彼女を相沢さんと呼んだ。

二階にいた時に、三日に一度は店に入ってゆくところを見た。ずいぶんとあずけるものがある客だと不審に思っていたが、ご近所さんのようで、せっせと白い紙の束を持ってくる。そしてそれは、わたしが店に来た日に店主がてのひらでなでていたもので、彼女との会話から、点字本という代物だとわかった。

「盆栽って辛気臭い印象だけど、花があるのはいいわねえ」

相沢さんはわたしを見て微笑みながら言った。

盆栽が辛気臭い？　文化を解さぬ女だ。

「これはあずかりものなんです」と店主は言った。

「まあ、じゃあ、いずれ返すのね。いつまであずかるの？」

「期限は過ぎてしまいました」

相沢さんは目を輝かせた。

「期限が過ぎたなら、もう桐島さんのものじゃないですか」

「それはそうなのですが」

店主は歯切れが悪い。

「お店に花があるのはいいことですよ」

相沢さんは上機嫌だ。

「お店の向かいにあるハナミズキが咲き終わって寂しい時期ですからね。この時期に店内に花があると気分が明るくなって、感じがよいわ。桐島さん、あなたには見えないでしょうが、お客はずいぶんと和みますよ」

「わたしもそう思うのですが」

店主は困ったような顔でつぶやく。

「花が咲き終わったら、剪定《せんてい》が必要です」

「剪定？」

「ええ、皐月は花が咲き終わるとすぐに花芽ができるのですが」

「来年の花の芽がもうできるの？」

「調べたところ、そうらしいです。その新しい花芽を摘まないように剪定するには、咲き終わったらすぐに取り掛からねばなりません」

「咲き終わるのはいつ頃？」

「あと一週間くらいでしょうか」

「もうすぐじゃない。剪定って難しいの？　わたしに手伝えるかしら」

やめてくれ！

文化を解さぬ女にハサミを持たせるな！

店主は首を左右に振った。

「生育に邪魔になりそうな枝を剪定するだけなら、わたしたちでもなんとかなるかもしれませんが、これは盆栽ですので、形を整えることも必要です。この木に触れれば触れるほど、この姿になるのにどれだけの年月が必要だったか、そして、どれだけ精魂込めて手をかけられてきたか、素人のわたしにもわかるのです。この皐月にとっての正しい姿を見極め、必要なものを残し、不要なものを捨てることは、わたしにはできそうにありません」

「ずいぶんと難しそうねえ」

相沢さんはじいっとわたしを見ていたが、ふと、尋ねた。

「余計な枝ってたとえばどれかしら」

店主は首を傾げた。

「それがわたしにもわからないのです」

相沢さんはしばらく考えていたが、急に声をはずませ、「自然に任せてどんどん枝を伸ばしたらいいんじゃないの？」と言い出した。

「だってこれはもう桐島さんの皐月なんだし、見た目にそれほど立派である必要はないでしょう？　わたしの知っている皐月はもっと大きくて、葉っぱがたくさんあって、花の量もぎっしりですよ。剪定しなければ、そんな元気はつらつな姿になるんじゃないかしら。花が増えれば毎年良い香りがするし、香りならば桐島さんにも味わえる。うれしいじゃないですか」

相沢さんはわたしに文人木をやめろと言っている。

盆栽として生きてきたわたしに「死ね」と言うも同然だ。

店主は神妙な口調で言った。

「この小さな鉢には、皐月が生きるのに必要最低限の土しかありません。おそらく半世紀以上にわたって、必要最低限の土しか与えられず、あとは水と光だけを糧に、この木は生きてきたのです。余計なものを排したシンプルな生き方が姿に現れていて、それが美しさとなっています」

店主、君は文人木の真髄を捕《と》らえた。この短期間でしっかりと、てのひらで捕らえた。天晴れ。

「ほら、ね？　かわいそうじゃないですか」と相沢さんは言う。

「いっそ鉢から出して、店の前に植えてしまったらどうですか？　肥料もどっさりあげて。そしたら元気いっぱい、大きく育つんじゃないですか？」

なるほどなあ。

彼女は「死ね」と言っているのではない。「もっと生きろ」と言っているのだ。素人は知らないのだ。われわれは手を入れることにより寿命が延びるということを。

店主はくぐもった声でつぶやいた。

「かわいそう……でしょうか」

「かわいそうよ。小さな世界に留まっているなんて」

店主はうなずくことをしなかった。

相沢さんが帰ったあとも、店主は考え続けているようであった。

それから一週間が経ち、花は落ちたが、店主はハサミを入れなかった。朝の水やりは欠かさずやったし、置き場所は二階の窓の外の日もあれば、店先に置くこともあった。夜は床の間に置くことが多かった。花芽がついたのを手で確かめていた。

水、光、風はじゅうぶんに与えられ続けた。

にもかかわらず、わたしは落ち着かなかった。

店主には、わたしを所有している意識がまるでない。あくまでもあずかりものとして、粗相のないように扱っている。

わたしを引き受ける覚悟がないのだ。

外に埋めて大きくしてしまう覚悟も、盆栽として剪定する覚悟もない。彼はわたしに触れ、わたしの意向を知りたがっていた。「どうしたいですか?」と日々問いかけてくる。

彼は誠実すぎるのだ。

思えば、盆栽として生まれついた木などない。

自然に生えていたものを人の手で鉢に植え替えられ、あっちを切られ、こっちを曲げられ、人の目に適《かな》う姿に作り変えられる、それが盆栽である。

わたしも自然木であった。六十年前まで、山奥に流れる川の岸壁にへばりつくようにして生きていた。

ごつごつと硬い岩肌の割れ目に自生し、川が増水すると水没した。乾期には岩の隙間をぬって長く伸ばした根から地中の水分を調達して生きながらえた。常に生きるか死ぬかのぎりぎりのところで、天候という名の神の差配で生かされていたのだ。

ある日のこと、川の上流から男が流れてきた。

もがきながらどうにか向こう岸に這《は》い上がると、男は仰向けになった。青黒い顔をして、目はつぶっていた。

わたしは人というものを初めて見た。野生動物の水飲み場となっている場所であった。上流には高い岸壁がある。そこから落ちたのだろうか。男は片方の腿《もも》から膝のあたりまでが血まみれであった。

死んでゆく動物たちを幾度も見てきたわたしは、その男もじきに逝くだろうと推測した。われわれ植物と違い、動物、つまり動く生物は、動けなくなったら死に直面する。食べることができないし、敵から身を守れないからだ。運悪く熊に見つかったら、瞬時に逝くだろう。

男は小一時間もすると目を開けた。まぶしそうに曇り空を見て、ゆっくりと首を左右に動かした。それから右手の指、左手の指の順に動かし、左足の先を少しだけ動かした。右足はだめだと自覚しているようだった。

自分が生きていることに気づいた男は、濡れている服を脱ごうとしたが、ボタンをひとつはずすのが精一杯であった。足の傷がひどく痛むようだ。どこかほかも痛むところがあるのかもしれない。姿勢を変えることができないようであった。

濡れたまま一晩を過ごせば朝には死ぬ。五月末とはいえ、山の夜は冷えるのだ。

夕刻がせまるほどに、男の目はしだいにうつろになっていった。絶望に飲み込まれたのだ。その目はうらめしそうに川の流れを見て、ふと視線が浮いた。

途端に男の目はカッと開いた。

続いて顔全体が溶けたように、ほどけた。いわゆる「微笑み」というものをわたしはその時初めて見た。キツネもタヌキもクマもそれを持ち合わせていなかった。人を人たらしめる微笑みというもの。それを有する人間にわたしは興味をもった。

男を微笑ませたもの、それがわたしである。

わたしは花盛りであった。

ごつごつとした岩肌にはりつくように咲く白と薄桃色の花々。風雪に耐え、長い年月を経て自然に混ざり合った遺伝子がそのような優しい色合いの花を咲かせ、死にかけた男に息吹を与えた。

男はわたしを眺めながら夜を迎えた。深々と冷え、男の体が岩のように硬く冷たくなってゆくのが見て取れた。それでも男の表情は和らいでいた。脳内にはわたしが咲いている。だから男の顔はおだやかなままだ。命を閉じるのにふさわしい場所だと腹を決めたようであった。

しかし彼は逝かなかった。

早朝、ヘリの音が聞こえ、彼は運良く救助された。救助のさなかに隊員に無理を言って、わたしをひと枝持ち帰ったのである。

その男が上永三郎太である。

大手術をし、療養中にリハビリに励んだが、右足の機能は戻らなかった。命があるだけマシというものだ。退院の日に、若い看護師から鉢植えをもらった。

彼が岸壁から持ち帰ったわたしを見習いの看護師が小さな鉢に挿し木してくれていたのだ。病院の裏庭にころがっていた安物の鉢であったが、入院中に根付いていていた。花はとうに散って、花芽をつけており、それを見た三郎太は目に涙を浮かべた。彼はわたしの花芽に自分の未来を重ねたのだ。

わたしは彼から微笑みの次に涙を教わった。野生動物にないものを人は持っている。わたしはますます彼に興味をもった。

彼はわたしを殺風景なぼろ家に持ち帰ると、育てることに心を注いだ。

いったいそれまで彼はどのように生きてきたのだろう?

生まれた時に太平洋戦争が始まり、五歳で終戦を迎えた三郎太は、崖から落ちた当時、二十歳という若さであった。高度経済成長を驀進《ばくしん》していた社会に背を向け、自分の足で世界を見て回っていたようである。親族はいるのか、とうに縁を切ったのか、彼はひとりぼっちであった。

怪我をきっかけに旅を断念した彼は、わたしをきっかけに盆栽作りにはまっていった。ちなみに、わたしの命をつないだ看護師はイトで、退院した翌年、ふたりは夫婦になった。

はじめはイトが生活を支えていた。十年経って、三郎太が手がけた五葉松が盆栽展で佳作を取った。来日中だったハリウッドスターがそれをいたく気に入り、高値で買い取った。それがニュースとなって、上永三郎太の名は世界中に知れ渡った。

問い合わせが相次ぎ、急に忙しくなった。イトはそれを機に家庭に入り、内助という形で彼を支え続けた。

長い年月を重ねて、三郎太は数々の名作をこしらえた。名人の名は不動となったが、彼はわたしには加工をせず、剪定は必要最低限に留められたので、幹は太く、左右対称で、堂々とした姿になっていった。

盆栽には、一本の幹が垂直に伸びる「直幹」と、幹がうねって表情がある「模様木」とがあるが、わたしは直幹で、ひねりがなかった。盆栽としての価値は低く、展示会に出品されることもなかった。

三郎太は日に一度はわたしの前でたたずみ、無言で見つめた。人に見せるためではなく、彼が自分の命を確かめるために。わたしは存在していたのだ。

崖の下で死を覚悟し絶望に飲み込まれた時、咲き誇っているわたしと出会った喜び。あの感動を彼は心に刻みつけているようであった。

名声を得て大きな屋敷に暮らすようになった三郎太は、広い庭に棚場を設《しつら》え、多くの盆栽を育てた。娘一家が同居しており、幼い孫たちがいたが、庭で遊ぶのは禁じられていた。

その掟《おきて》を破り、ボールを蹴ったのが章人である。元日の昼過ぎ、家族が居間でくつろいでいる時のことであった。いつもは庭にいる三郎太もこの時は居間にいた。五歳の章人は祖父がいぬ間に庭で思い切り遊びたかったのだろう。子ども用のボールであったが、直撃し、わたしは棚場から落下した。

一瞬、何が起こったかわからなかった。

異変に気づいた三郎太は庭に飛び出してきた。唖然《あぜん》としている章人を突き飛ばし、わたしに駆け寄った。三郎太の表情を見て、致命傷を負ったことを悟った。なんと、主幹が裂けていたのだ。

崖から落ちて血だらけだった三郎太の姿を思い出し、死を覚悟した。

章人の泣き声が聞こえた。突き飛ばされて顔からころび、鼻から血を流していた。

章人の両親は三郎太に抗議せず、「おじいさまに謝りなさい」と息子を叱りつけた。章人は大人たちに反抗するように、泣き続けた。イトだけが章人を気遣い、鼻血をぬぐってあげていた。

それがわたしと章人との出会いである。最悪な出会いであり、あの日のことは互いにトラウマとなっている。

正月どころではなくなった。

三郎太はわたしを生かすために主幹をあきらめ、活かせる枝を使って挿し木や接《つ》ぎ木の技を駆使した。それまでわたしには施さなかった針金での曲げ技も行い、年月をかけて慎重に手を加え、文人木として生き返らせた。文人木は模様木の一種であるが、特有の価値を持ち、愛好家に珍重される。

ボール事件で命を脅かされたことにより、わたしは文人木となったのである。皮肉にも盆栽としては価値が高騰した。

内閣総理大臣賞を賜り、世界じゅうの愛好家がわたしを欲しがった。かなりの金額を提示されたが、三郎太は手放さなかった。その代わり、展示会でわたしを披露するようになった。

日に一度はわたしの前でたたずむ。その習慣は続いていた。世界中を旅していた頃の自分を思い出していたのかもしれない。

彼は高齢になり、心疾患で倒れたが、延命措置を拒み、最後の数週間を自宅で過ごした。わたしを床の間に置き、朝に夕にわたしを見つめた。朦朧《もうろう》とした意識の中でわたしに話しかけているように感じた。

「おまけの人生のほうが、長くなってしまった」

彼は旅をし続けたかったのだ。

「すべてお前の人生だ」とわたしは言ってやった。

彼は満足したように微笑み、息を引き取った。

岸壁で看取るはずだった彼をわたしは六十年遅れで看取った。


あずかりやに来て二度目の開花時期を迎えた。

去年よりも花数が多く、多くの人が目を留めた。

二年も剪定されていないので、枝が伸び、花数も増えた。文人木としてのたたずまいは崩れたものの、そんな変化に頓着するものはおらず、相沢さんは「どんどん元気になるわねえ、鉢を大きくしたらどう？」とまとはずれなアドバイスをした。

店主は気分にむらがなく、いついかなる時も丁寧にわたしを扱った。

季節に合わせて水やりの回数を増やしたし、置き場所にはルールができた。

日の当たる朝から昼下がりまでは二階の窓の外へ置き、午後、三時に開店する夕イミングで店先に移し、閉店したあとは朝まで床の間に置いた。

わたしが床の間にいる間に黒電話は一度だけ鳴った。店主は若者らしい口をきき、ぽんぽんと会話をはずませていた。

新鮮な驚きがあった。

達観した禅僧のような店主の体には、潮《うしお》のようにほとばしる若者らしい血が流れている。

やはり仲間だ。

シャリと水吸いが見事に融合している。

シャリというのは盆栽用語で、幹が古くなり、死んで白骨化した部分を指す。そのシャリという部分と、生きた枝の部分、それを水吸いというが、両者が融合して盆栽は味わい深い世界を生み出すのだ。

文人木のわたしにも当然ながらシャリと水吸いがある。

シャリは言ってみれば、古傷である。傷が年月を経て、美しい見た目に変わるのだ。

歳月が短所を長所に変える。

店主の生き様に盆栽の真髄と通じるものを感じた。

にもかかわらず、店主はあいかわらずわたしを所持している自覚がなく、だから枝を切ろうとしない。あずかった時のまま、伸びるに任せている。このままでは、わたしは長くは生きられない。

いつか店主はわたしにハサミを入れるだろう。その時、わたしは店主の皐月になる。

それを心待ちにしつつ、今は精一杯花を咲かせることに集中した。

客が来た。

六十代くらいの和服のご婦人で、わたしを見ると、あっと、驚いたようにまばたきをした。それからほうっと感嘆の声を漏らした。

わたしの価値がわかるようだ。

「いらっしゃいませ」

店主はいつも通りに丁寧に接した。

ご婦人は「孫が遊びに来るのだけど、割られたら困るので」と、のっぺりとした壺《つぼ》を置いた。わたしはものを見る目に自信があるが、たいそうな壺には見えなかった。孫が割ったら「あらまあ」で済むレベルの壺である。

「一週間お願いします」

ご婦人は千円札を渡した。店主が釣り銭を用意している間に彼女はわたしに近づくと、そっと鉢を持ち上げた。

寒気がした。

盗むのではないか。

ご婦人の……いや、女の目はこずるそうに濁っており、ちらちらと店主を気にしながら、鉢を上げたり下げたりした。わたしは二年前より重くなっており、女は盗むのをあきらめたのか、置き戻した。が、今度は枝をべたべたとさわり始めた。そして、一本の枝の生え際に鋭い爪を立てると、勢い良くねじった。

ぶちん、と嫌な音がした。

それは主幹の高い位置から張り出した細い枝で、わたしの世界観を生み出す重要な流れを作っており、花の数が最も豊富であった。文人木としての価値を決める最も大切な枝と言っていい。それを手折ったのだ。

店主は気づいた。ハッと顔を上げたのでそれとわかる。

何か言おうとする店主から釣り銭を奪い取った女は、誤魔化すように言った。

「大切な壺を割らないでちょうだいね」

そして、逃げるように出て行った。

店主はあわててわたしに近づき、そっと触れ、惨状を知り、青ざめた。

「ああ」と、こちらが苦しくなるような悲痛な声を漏らした。

人を信じるからこうなるのだ。わたしを店先に置くからだ。章人が二階に置けと言ったのは、盗まれる可能性、折られる可能性を示唆していたのだ。

たまにいるのだ。

人のものを力ずくで手に入れようとするもの。手に入らないと知った途端、こわそうとするもの。店主は想像しなかったのだろうか。

ひらりとのれんが揺れた。

女と入れ違いに男が入ってきた。真っ黒な短いひげが顔半分を覆っている小柄な男で、手には花が付いた枝を持っている。間違いない。もがれたわたしの枝だ。

男はガラスケースの上のわたしを見て言った。

「元気そうだ」

店主は驚き、「上永章人さんですか?」と言った。

ええっ?

章人か?

ひげ面《づら》だし肌は日に焼けてまるきり別人じゃないか!

店主は声でわかるようで、「申し訳ありません。おあずかりした皐月を傷つけてしまいました」と頭を下げた。

章人は店主にもげた枝を握らせた。

「取り戻してきたから、大丈夫だ」

店主はあまりのことに、ぽかんと口を開けた。

「あんたが折ったんじゃないのはわかってる。枝を持って店から出てきた女が花泥棒の顔をしていた」

「花泥棒の顔？」

「ああ、手に入れたうれしさと、うしろめたさ。それが顔に出るんだ。俺が立ちふさがって、花泥棒は禁錮三年って言ってやったら、すぐに差し出して、逃げてった」

店主は枝をさわり、「とても残念です」とつぶやいた。

「すばらしい姿をしていたのに……」

いつもは平常心の店主が落ち込んでいる。

章人は店主から枝を奪うと、「ちょっと水道を借りる」と言って上がり込み、勝手に奥へ入ったかと思うと、すぐに戻ってきた。枝の傷口に濡らした布が巻きつけてある。

章人は腰を下ろし、店主と向き合った。

真っ黒な肌、黒いひげと黒い髪に覆われ、筋肉は盛り上がり、小柄ながら熊のような風体になっている。わたしはそれを章人と認識するのに若干の努力を必要とした。

「俺はあずかり期間に戻らなかったから、皐月はあんたのものだ」と章人は言った。

「どうしてお戻りにならなかったのですか？」

「鉄砲玉だからさ」

章人は即答した。

「ばあちゃんは俺を鉄砲玉だと言ってた。出て行ったら帰ってこない。置いて行ったものを忘れてしまう、そういう人間なんだって」

「どちらに行かれていたのですか？」

「北海道から沖縄まで」

わたしを売れば海外に行けたのに、そうしなかった。

「俺はでも、ばあちゃんのことは忘れなかった」

わたしのことは忘れていたのだ。ならばいったいどうしてここへ来たんだ？

章人はわたしに近づき、引きちぎられた傷跡に触れた。

「折れた枝は接ぎ木で修復できる」と章人は言った。

店主はほっとしたのだろう、大きく息を吐いた。

章人は言った。

「これを貸してくれないか？」

「貸す？　どういうことですか？」

「ばあちゃん、具合が悪いんだ。おふくろからそれを聞いて家に戻ったら、寝たきりになっちまってて。こいつがあれば、少しは気が晴れると思うんだ」

店主はじっと耳を傾けている。

「じいちゃんは大馬鹿者だ。盆栽を全部人にやっちまうなんて。ばあちゃんも馬鹿だ。たったひとつ残ったこいつを俺なんかにくれちまうなんて」

店主は言った。

「あなたも迂闊《うかつ》な人ですね。大切なものを千四百円払って手放してしまうのですから」

責めている口調ではなかった。章人もそれとわかっていて、にやりと笑った。

「買い戻す金はないんだ」と章人は言った。

「これはでかい賞を取った名作で、世界的な価値がある。だから買えない。けど、貸してくれないか」

章人はズボンのポケットを探り、しわくちゃの紙幣と小銭を出して畳に置いた。

「借り賃。俺の全財産だ」

笑止！　五千円にも満たないだろう。わたしほどの名木はリース料も破格なのだぞ。

店主はそれを手にして言った。

「枝が折れてしまったから、もう名作とは言えません。この金額でお譲りします。どうぞお持ち帰りください」

章人は「だから接ぎ木できるんだって」と言いかけ、すぐに意図に気づいて口をつぐんだ。それからおそるおそるという感じで、「くれるってか？」と言った。旅をしても礼儀は身につかなかったようだ。

店主は「どうぞ」とうなずく。

なんだかあっさりし過ぎて、拍子抜けだ。店主にとってわたしは何だったのだろう？

「安すぎて、申し訳ないな」と章人は言った。

「では、少し旅の話をしていただけますか？」

「旅の話？」

「ええ、お聞きしたいです」

「わかった」

店主は店を閉め、茶を淹れた。

章人は冒険譚《たん》を語った。口調は淡々としていたが、内容は信じがたいほどスリルに満ちていた。章人は楽しそうだった。船から落ちて死にかけたことも、崖から落ちて骨折したことも、熊に襲われたことも、感染症で入院していたことも、すべて楽しいことのように話した。聞いているこちらも楽しくなってくる。

店主は興味深く耳を傾けていた。ふたりで小一時間ほど過ごしたあと、章人は言った。

「あんたって、盆栽みたいな人だな」

「盆栽？」

「こんな小さな店にいて、じっとしている。景色が変わらない場所で、退屈しないのか」

店主は少し考えてから、こう答えた。

「この皐月に触れている間は、大自然が見えるようでした。ほかのあずかりものを通じて、経験したことのない世界を見ることもできます」

「そうか」

「でも、いつかあなたのように、旅をしたい」と店主は言った。

意外であった。

景色を変えたい人間と守りたい人間がいて、彼は後者だと思ったが、違っていた。

きれいにふたつに分けられないのが、人間なのかもしれない。

章人はわたしを右手で抱え、左手に折れた枝を握りしめ、「枯らさずにいてくれて、恩にきる」とつぶやき、のれんをくぐって店を出た。


そういうわけで、わたしは二年ぶりに上永三郎太の屋敷へ帰ってきた。

イトは鼻のチューブから高濃度の酸素を送られている状態で寝かされており、でも意識ははっきりしていて、わたしを見た途端、「ああ」と感嘆のため息をもらした。

痩せて皺だらけで、しぼんだ顔になっていた。寝たまま手を伸ばしてわたしに触れ、「ずいぶんと丁寧に世話をしてくれたのね」と章人を褒めた。

章人はあずかりやのことは言わずに、折れた枝をイトに見せて、「接ぐから」と言った。

イトは枝を握りしめ、顔を左右に振った。

「人生に事故は付きものよ」

イトは遠くを見るような目をした。

「おじいさんはあなたのように、一所にとどまっていられない人だった」

「じいちゃんが?」

「旅先の事故で足をやられてしまうまではね。あの事故がなければ、わたしと出会うことはなかったし、多くの人を喜ばせる作品も生まれなかった」

息切れしたようで、いったん口を閉じた。章人はじっと祖母の言葉を待った。しばらくして息が整ったイトは、微笑んだ。

「覚えている？　この皐月、あなたのボールで裂けちゃった」

「ああ、覚えてる」と章人はばつの悪そうな顔をした。

イトは真顔で言った。

「裂けたからこそ、文人木として生まれ変わったのよ」

「ばあちゃん」

「辛いことは、新しい道を教えてくれる」

イトは章人を見据えた。

「この子は今、一本の枝を失った。それにも意味があると思わない？」

章人は神妙にわたしを見つめた。

イトは息を切らしながら、話し続けた。

「接いで元に戻せば、おじいさんの作品に戻る。あなたがこの子に新しい生き方を与えれば、あなたの皐月になる」

イトはもげた枝を章人に渡し、目をつぶった。

「好きになさい」

イトはそれを最後に、すうすうと寝息を立てた。久しぶりにたくさん話して疲れたのだろう。

章人は祖母の肩が冷えないよう、掛け布団を整えると、わたしを抱えて庭に出た。盆栽がなくなった庭はまるで台風のあとのように、がらんとしている。

棚場と道具だけが残り、寒々しく見える。

章人はわたしを棚場に置いた。小刀で、引きちぎられたあとを丁寧にカットし、薬を塗った。そのあと倉庫からこぶりの鉢を見つけてきて、土を盛り、折れた枝の切り口を整えて挿した。

手つきはぎこちなかったが、間違ったことはしなかった。祖父の作業が記憶に残っているのだ。

わたしはその日から、日中三時間ほど庭に置かれ、じゅうぶんに陽を浴びると、あとはイトの寝所の床の間に飾られた。

挿し木した鉢はずっと棚場に置かれていた。

わたしにとっては息子のようなものである。心配だったが、章人が念入りに世話をしていた。ひと月ほどすると根付いた。枝がぴんと張るので、それとわかる。それからしばらくして、確信がもてるくらい生き生きとしてくると、章人はそれを持って家を出た。

またどこかへ消えてしまうかと思ったが、章人は戻ってきた。息子を誰かにあげてきたようだ。

章人は屋敷に留まり、イトとわたしの世話をし続けた。両親は章人の帰宅を喜んでいた。

半年後にイトが亡くなるまで、わたしは床の間に置かれ、彼女の目を楽しませた。不恰好になってしまったわたしを彼女は前と同じように愛した。わたしを夫の分身と思っているようで、章人がいない時には「もうすぐ会える」などと話しかけてきた。

「わたしを生かしたのはイト、あなただ」とわたしは語りかけた。

三郎太もわたしもこの女性によって命をつなげられたのだ。

イトが息を引き取ると、章人はわたしを庭に植え、葬式には出ずに家を出た。

「好きになさい」とイトは言った。

土へ返す。それが章人の答えだった。

そしてわたしは今、大地に根を生やしている。

雨は容赦なく降るし、乾期には地中深くまで根を張らないと、水を得られない。

もし朽ちたとしても、息子があずかりやで花を咲かせている。そう考えると心強くもある。

章人がくれた新しい生き方は過酷だが、わたしは受け入れた。

大きくなろう、強くなろう、まだまだ生きてやろう、と思っている。

あずかりやさん
まぼろしチャーハン

大山淳子

2022年6月5日　第1刷発行

発行者　千葉 均
発行所　株式会社ポプラ社
〒102-8519　東京都千代田区麹町4-2-6
ホームページ　www.poplar.co.jp
フォーマットデザイン　bookwall
組版・校正　株式会社鷗来堂
印刷・製本　中央精版印刷株式会社

N.D.C.913/233p/15cm　ISBN978-4-591-17402-9

落丁・乱丁本はお取り替えいたします。

電話(0120-666-553)または、ホームページ(www.poplar.co.jp)のお問い合わせ一覧よりご連絡ください。
※受付時間は月～金曜日、10時～17時です(祝日・休日は除く)。

P8101450

あずかりやさん

大山淳子

「一日百円で、どんなものでも預かります」。東京の下町にある商店街のはじでひっそりと営業する「あずかりやさん」。店を訪れる客たちは、さまざまな事情を抱えて「あるもの」を預けようとするのだが…。「猫弁」シリーズで大人気の著者が紡ぐ、ほっこり温かな人情物語。

ポプラ文庫好評既刊

あずかりやさん　桐島くんの青春

大山淳子

東京の下町でひっそりと営業する「あずかりや」。店を訪れる客たちは、さまざまな事情を抱えて品物をあずけにくる。どんなものでも一日百円。店主の桐島はなぜこんな奇妙な店を開いたのか？　理由は、桐島の青春時代に隠されていた——。10万部突破のベストセラー「あずかりやさん」待望の続編。

あずかりやさん　彼女の青い鳥

大山淳子

一日百円で何でも預かります。東京の下町でひっそりと営業する「あずかりや」。13年前に封筒を預けた老女の真実、鳴かず飛ばずの中年作家はなぜか渾身の一作を預けようとし、半年分の料金を払って手紙を預けた少女と店主が交わした約束とは……。ベストセラーシリーズ、待望の第三弾。

ポプラ文庫好評既刊

スイート・ホーム

原田マハ

香田陽皆は、雑貨店に勤める引っ込み思案な28歳。地元で愛される小さな洋菓子店「スイート・ホーム」を営む、腕利きだけれど不器用なパティシエの父、明るい「看板娘」の母、華やかで積極的な性格の妹との4人暮らしだ。ある男性に恋心を抱いている陽皆だが、なかなか想いを告げられず……。さりげない毎日に潜むたしかな幸せを掬い上げた、心にあたたかく染み入る珠玉の連作短編集。